月亮花

周维先自选集

周维先／著

中国书籍出版社
China Book Press

图书在版编目（CIP）数据

月亮花 / 周维先著 . —北京 : 中国书籍出版社 , 2016.11
ISBN 978-7-5068-5965-3

Ⅰ . ①月… Ⅱ . ①周… Ⅲ . ①电视文学剧本—作品集—中国—当代 Ⅳ . ① I235.2

中国版本图书馆 CIP 数据核字（2016）第 279217 号

月亮花

周维先　著

图书策划　牛　超　崔付建
责任编辑　牛　超
责任印制　孙马飞　马　芝
出版发行　中国书籍出版社
地　　址　北京市丰台区三路居路 97 号（邮编：100073）
电　　话　（010）52257143（总编室）（010）52257140（发行部）
电子邮箱　eo@chinabp.com.cn
经　　销　全国新华书店
印　　刷　三河市华东印刷有限公司
开　　本　650 毫米 ×940 毫米　1/16
字　　数　200 千字
印　　张　12.75
版　　次　2017 年 2 月第 1 版　　2017 年 2 月第 1 次印刷
书　　号　ISBN 978-7-5068-5965-3
定　　价　28.00 元

总 序

汤显祖逝世四百年了。莎士比亚也逝世四百年了。一个是中国戏剧大师。一个是英国艺术巨匠。

夜读“临川四梦”，让我神思悠悠恍然如梦。莎翁又令我亢奋而至于无眠。

莎士比亚写情的执着。汤显祖写爱的顽强。

罗密欧与朱丽叶可以为爱双双赴死，前赴后继死在了一起。杜丽娘却“情不知所起，一往而深。生者可死，死亦可生”。她竟然为了没有得到的爱又重新活了过来，回到一见钟情的地方，寻找那一个必定属于她的人。

是不是棋高一着？

生离死别，缘起缘灭。那缘，是可以超越生死的。

我没有研究过“比较文学”，但是，在虚心拜读之余，还是忍不住把两位大师比较了一下。

六十年了。

在前不见古人后不见来者的苍茫中，我追寻生命的原始。

在精神的王国里，生命不源于神秘莫测的大海、雷电中野性的山林、艳阳下蛮荒的原野。

生命始于爱。

爱生一，一生二，二生三，三生万象。于是有了你，有了我，有了爱和恨的戏剧。

我是爱的儿子。我因爱来到人间，也将为爱绝尘而去。最后归于尘土。

如今，我遥望着故土，遥望着故土上的老树。

老树摇曳着千年的岁月。我摇曳着满头的白发。

大树下，故乡人摇着扇子捧着紫砂，在月下，在风中，絮絮而谈，讲的是古往今来、前世今生……

掬水月在手，弄花香满衣。

——那是我祖祖辈辈繁衍生息的太湖吗？

那里有我的父辈、父辈的父辈……来自生命源头的梦。

那梦很长很长，长到无可言说，美到风华绝代。尽管我已然从白衣飘飘的少年变成了苍颜白发的老者，但是那林林总总多姿多彩的爱之梦，仍然逶迤而来，绵延不绝……

于是，我用爱，用生命，用灵魂，用一个又一个白天和黑夜，把一篇又一篇关于爱的故事写在了流水之上……

2016年6月22日草

8月26改于连云港　苍梧

序

四十不惑　歌剧魅影

1976 年，文化人纷纷寻找失落已久的自我。我也在漫长的冬眠之后苏醒过来。醒过来第一件事就是对着案头的笔发愣。这支笔给我带来多少无妄之灾，怎么一夜间又成了不离不弃的爱人？无奈，都三十九岁了。现在不写，更待何时？于是乎又拿起了有些沉重的笔，怀着殉情般的决绝，坠入了永劫不复的轮回之中。

可一时不知该从何写起。一天，管剧团的局长对我说，给京剧团写个本子吧！我一下子变得紧张起来。我锁闭多年的心扉，像一本突然被打开的书，所有的经验，所有的阅历，所有埋藏在心底的古今中外天南地北的人物和故事，像洪水一样决堤而出，在脑海里冲来撞去，搅得我多少天都理不出头绪来。

那是一个滴水成冰的冬天。工人村里，我那 20 平米土坯房，局促着祖孙三代。只好从锦屏磷矿招待所借了一个对着桃花涧的大房间，室温多半在零下。我像一只困兽在里面转来转去，又是搓手又是跺脚，硬是把自己折磨得苦不堪言。倏然一个奇妙的瞬间，脑海深处漂上来一朵草原上的月亮花，在浩浩苍穹覆盖的茫茫沙漠上美丽着，摇曳着。一个月之后，以女主角名字命名的剧本《月亮花》诞生了。

为了请《草原儿女》的马运洪搞舞美设计，我和市京剧团周德才一起进京。抽空，我摸到东四八条，敲开了《剧本》编辑部的门。编辑们在开会，出来一位年轻编辑：歌剧？写什么的？我答：草原游击队。他打量我一眼，接过剧本转身就走，那眼神好像在说，你能超过李向阳吗？走了几步，他突然回头：主线是什么？我有些忐忑：一对蒙古族青年的爱情。他哦了一声，又重新打量了我一眼。在爱情的背景上写游击队，无异于在老虎嘴里拔牙，在那时，是犯了大忌的。没想到，正因为犯忌，才正中了编辑王一峰的下怀。他立马问：你在北京能待几天？你等我回音！

等待的日子一天比一年还长。一周到了，依然杳无音信。我打电话到编辑部，才知道王一峰遇上了车祸：他的自行车撞了汽车。

不久，京剧版《月亮花》被调到南京演出。熙熙攘攘的新街口，月亮花和达瓦的大幅剧照引得许多行人驻足回眸。公演的那天，中华剧场里竟然来了一大批江苏歌舞团的演员导演和干部，其中当然有资深导演田夫。那时，他已是歌剧团的团长。调演结束前，田夫通过省文化厅艺术处长管和琼，请带队的刘国华允许我留下，把《月亮花》改成歌剧。尽管很费了一番周折和口舌，我还是被留下了。这一留，使我的人生柳暗花明，豁然开朗，多年来郁结在心头的云翳，被一阵江风吹得天青云白。

所谓天青云白，其实就是好了疮疤忘了疼。60年代，我还在内蒙古伊克昭盟。文化局长越世杰叫我写一个在草原上打深井的歌剧。

宣传部长吴占东还带我去成吉思汗陵园参加规模空前的800周年祭典。到了史无前例的年月，这个名为《金泉》却仍在孕育之中的剧本，竟然成了“内人党”的一个“反革命阴谋”。我也跟局长一起糊里糊涂地卷进“阴谋”之中，受了一年多莫须有的洋罪。加上1959年刊发在《草原》上的小说《席尼喇嘛脱险记》中，有男主角到外蒙古学马列的叙述，我更荣幸地戴上了“叛国文学作者”的帽子，好久都摘不下来，还多次被游斗，毒打，关黑屋子。现在，疮疤好了，伤痕犹在，我居然不可理喻地走进了难以抗拒的歌剧魅影之中。

王一峰好了。他不仅死里逃生，还在出院后看了本子，让我立即到北京改剧本。当时，《人民文学》、《大众电影》等许多大刊物都挤在东四八条那一座小楼里。我被安排住进《曲艺》编辑部不到10平米的办公室。编辑来上班了，我赶紧躲进会议室。人家来开会了，我就到楼下食堂，趴在油腻腻的餐桌上，在切菜剁肉声中，努力把注意力集中到剧情中来。戏曲歌剧组组长李慧中，是著名剧作家马少波的夫人，多次与我交谈修改方案。办公室人多，就带着我转胡同，转饿了，还请我下小馆子，使我对这位儒雅端庄不苟言笑的大姐，平添了几分敬意和亲切。现在回想起来，我对于早年调往中央戏剧学院的王一峰和已离我远去的李慧中，仍然深怀感激。那年月，迎头就能同这样的编辑不期而遇，在帮你修改作品的同时，也帮你改写了人生。

回到连云港不久，王一峰就打来电话：本子通过了。你想就这么发，还是再提高一步？我表示想再上一上。于是我被邀请参加全国戏曲歌剧剧本讨论会。在那里，我请欧阳山尊、阎肃、乔羽看本子。看到欧阳先生边读边做笔记，不禁对这位大家和前辈肃然起敬。阎肃和乔羽更是一语中的，几乎异口同声地说，你得跟京剧离婚！一定要歌剧化！我于是又来了个大翻个，更多地使用了鄂尔多斯民歌，着意渲染了男女主角的浓情咏叹。

歌剧《月亮花》在南京人民剧场由江苏省歌舞团首演，是我生命中的盛大节日。文化部副部长周巍峙、艺术局局长吴雪、省市委一把手、省文化厅厅长都到场观看江苏省粉碎“四人帮”后第一部自己创作的大型歌剧。周巍峙对剧诗的文学性和浓郁的民族风味颇为赞赏。当紫红色天鹅绒帷幕在鄂尔多斯婚礼歌舞中徐徐落下的时候，我流泪了。在尊严扫地的“文革”中，我早已无泪可流。可那一刻，我竟然无法抑制自己，甚至放任它潸然而下，流了很多，流了很久。

妻子风尘仆仆从连云港赶来，跟我一起分享了那个夜晚。是她，使得那个多年压抑后第一个快意喷薄的时刻，变得酣畅淋漓，圆圆满满，了无缺憾。

为了月亮花的开放，我至今仍然深深感念着那些爱我的和我爱的人。都说四十不惑，四十在我的剧作生涯中是一个颇有几分悲壮意味的起点，又是我人生苦旅中一个沙漠绿洲般匪夷所思的梦境。我禁不住要问自己：我不惑了吗?

目录

月亮花

002　人物表
004　序　幕
010　第一场　马背上的爱情
024　第二场　没有结束的婚礼
034　第三场　王爷府的午筵
040　第四场　沙漠之夜偶遇
049　第五场　木瓜树的悲欢
063　第六场　唱到最后一刻
068　第七场　大雁滩的盛会

最后一杯苦酒

081　人物表
082　第一幕
100　第二幕

117 第三幕
136 第四幕

诱 惑

152 人物表
153 第一场
162 第二场
168 第三场
176 第四场
184 第五场
192 附：意味深长的“诱惑”

月亮花

人物表

月亮花——女，阿拉特（在家居住，王爷可以随时叫去役使的奴隶）。

斯热歌——月亮花之父，前为起义军首领，后为游击队队长。

宝迪斯——月亮花的祖母，阿拉特。

达　瓦——男，给王爷驯马的奴隶。

乌　巴——达瓦的父亲，起义军首领之一。

托　娅——月亮花的母亲。

朝　鲁——达瓦的爷爷。

吉素玛——女，王爷的家奴。

巴　根——男，给王爷打猎摔跤的奴隶。

贡　嘎——男，王爷。

焦贵凤——王爷的小老婆，汉族。

扎　布——男，王爷的大管家。

麻　细——管辖一个区的家郎，扎布之子。

伴　娘——甲、乙。

伴　郎——甲、乙。

歌　女——

牧　民——甲、乙、丙、丁。

游击队员——甲、乙、丙、丁。

府　丁——若干。

亲　兵——若干。

梦境里的仙女——

序　幕

［20世纪20年代初叶，秋夜。

［内蒙古草原，大雁滩。

［明月当空。波光粼粼的金盅湖，月色溶溶的大雁滩。草滩上篝火处处，烛照夜空。远处，可见王爷府的剪影。舞台一侧，燃着一堆篝火。

［序曲：激越、动人的内蒙古民间音乐由远而近。少顷，转为悲壮、深沉。突然，好像卷起一阵愤怒的旋风，如刀鸣剑击，马嘶风啸，霎时间席卷千里草原。

［合唱：

　　鄂尔多斯卷起仇恨的风暴，
　　八方聚义，烈马奔腾；
　　巴特尔群峰山鸣谷应，
　　传颂着起义军的威名。
　　牛角号长鸣，告别了亲人，
　　扬鞭催马，纵横驰骋。

为了自由，为了光明，

马刀闪闪冲向敌阵。

［歌声中幕启：几个举火把的青年站在高处警戒。一堆熊熊燃烧的篝火映着一张张兴高采烈的脸。起义军众头领正捻须拍案，前仰后合，畅怀大笑。

乌　巴　斯热歌，这王府叫咱们围得铁桶似的，那贡嘎王爷可就成了困在笼子里的野猪啦！咱明儿个就下手，美美儿的收拾那狗日的！

斯热歌　乌巴大哥说得对，打铁就要趁热下锤。可头领们，这一仗咋个打法，还得大伙儿多出高招儿哇！

众　人　行啊！

［宝迪斯捧着烤肉，月亮花拎着铜壶，达瓦捧着茶碗，喜气洋洋来到头领们中间。

月亮花　阿爸！

［斯热歌在她脸上亲了一下。

乌　巴　（抓一块肉塞到嘴里）嗬，真香！宝迪斯安巴烤的肉就是好吃。

宝迪斯　馋鬼！今儿个让你吃个够。这肉可不能白吃，明儿得打进王府，活捉贡嘎老贼才成。

众　人　你放心，错不了！

［宝迪斯摆好肉食，月亮花给头领们倒奶茶。

月亮花　乌巴大爷，喝吧，这奶茶热乎着呐！

乌　巴　（捏捏月亮花的小脸蛋）真是个疼人的百灵鸟！月亮花，来，走过来。你想不想给叔叔、大爷们庆功贺喜呀？

月亮花　（拍拍双手、蹦起来）要庆功！要贺喜！

乌巴那　好啊！（朝众人挤挤眼睛）

头领甲 天上的云雀都竖起了耳朵……

众　人 小歌手，唱一个吧！

［月亮花倚在斯热歌怀里，阿爸抚着她的头发。

斯热歌 孩子，唱个金盅湖的传说吧！

月亮花 哎。

［斯热歌操起马头琴，拉响了富于幻想的前奏。

月亮花 （面对篝火，橘红的光焰勾勒她稚气的脸，火光在聪颖的大眼睛里一闪一闪，唱）

月宫里白玉般的仙女哟，
爱上了剽悍的牧马少年，
她捧着夜光的金盅，
飞降到绿色的草原。
啊，自由比生命更宝贵哟，
幸福比奶酒更香甜。
奴隶的姻缘气坏了可汗，
把少年抛进油锅烹煎……
金盅湖为什么又苦又咸？
那是仙女流不尽的泪泉……

（唱到少年惨死，热泪夺眶而出）

乌　巴 嗨，你哭什么？！

宝迪斯 和她妈妈托娅一样，甜是甜辣是辣的。

斯热歌 孩子，等咱们起义军坐了天下，放马的小伙子想爱谁就爱谁，那金盅仙女也就不哭啦！

月亮花 真的？（拍拍手，破涕为笑）

乌　巴 那还有假？到那时候，我要把王爷的头割下来，给你们当球儿踢！

头领甲 一个不够，大叔给你拎它十个八个的，想踢哪个踢哪个。啊！哈哈哈哈……

［急促的马蹄声，凄惨的马嘶声，托娅斜背弯弓，从马背上跌落下来，她的前胸已被鲜血染红。斯热歌把托娅的头放在自己臂弯里，给她饮茶水……

托　娅 （苏醒）官兵……把咱们……包围了！

众　人 啊？咱们被包围了？

乌　巴 （对举火把执勤的青年）快！叫大家扑灭篝火，静待命令！

青　年 是！（急下）

［篝火由近而远渐次熄灭。

托　娅 （看一眼斯热歌，看一眼月亮花）要……报……仇……（死去）

［四胡的幽咽撕心扯肺。

斯热歌 （热泪盈眶）托娅……托娅……（沉重地低下头）

宝迪斯 托……娅！（呜咽）

月亮花 （泪如雨下，拼命摇着托娅的尸体）阿妈！阿妈！我的好……阿妈，你，你再睁开眼睛看上我一眼呀……

［众起立，低头默哀。牧民抬尸体下，宝迪斯、月亮花哭下。

［斯热歌背过身去，始而仰望夜空，继而低头不语……

乌　巴 斯热歌，杀进王府，（拍拍胸脯）和那狗娘养的拼他个你死我活！

众头领 （拔刀而起）拼了！（欲走）

斯热歌 （猛地转过身来）站住！

众头领 （收住脚步）斯热歌！

斯热歌 （面色严峻，环顾众人）头领们，我们闹起义，为了什么？

众头领 为咱们穷苦牧人找一条活路哇……

斯热歌 可冲进王府，是死路一条。

乌　巴 那你说怎么办?

斯热歌 杀一条血路，冲出去！只要有一个人活着，就要为牧人寻找出一条自由的路，生存的路。（抽刀破指，滴血入碗，举起酒杯）

[众仿效。

[浑厚的誓盟歌:

拔出刀来，
血滴酒碗，
面对苍天发誓愿，发誓愿：
断头流血迎风站，
山崩地陷心不变！
心不变！

斯热歌 干！（一饮而尽）

众　人 干！（一饮而尽）

[众头领急下。

[达瓦追上乌巴。乌巴托住孩子两腮，凝视片刻，转身急去。达瓦追下。

[宝迪斯神情哀伤，捧着托娅的遗物——弓箭上，月亮花随上。

宝迪斯 斯热歌，托娅……只留下这么一件遗物，你……带上吧！

斯热歌 （接过弓箭，深情地抚摸，眼睛里闪着泪光）……额吉（即妈妈），我走了……月亮花就交给你老人家了……

宝迪斯 孩子，天高地远，多多……保重……

[月亮花扑上去，跪在斯热歌膝前。

[《起义歌》声弱起。

斯热歌 （扶起月亮花，捧起弓箭）闹义和团，你爷爷用这弓箭，射死了洋鬼子神甫。今天，你阿妈的血……又染红了它。……月亮花，我的好孩子！这角弓，给你留下。你要像岩石缝里的青草那样倔强地活下去！阿爸……会回来的！

［月亮花接过弓箭，把它紧紧贴在胸前。

月亮花 （仰望阿爸，心潮起伏）阿爸，你一定要走吗？

［斯热歌泪光一闪，亲吻女儿的额头，转身离去，宝迪斯随下，月亮花站到高处目送亲人。

［月隐星消，蹄声如急风暴雨，气势磅礴，掠过茫茫草原……

［《起义歌》声变得异常强烈、悲壮。

［风雨大作，闪电撕裂长空，接着是一串惊天动地的炸雷。

——幕落

第一场　马背上的爱情

［十五年后，一个初夏的傍晚。

［金盅湖畔。

［漫天晚霞倒映在澄碧的金盅湖里，湖面上盘旋着白色的水鸟，飞翔着天鹅和大雁。有时，不知什么把一对对野鸭惊飞起来，匆匆掠过湖面。湖岸上是广阔的大雁滩，远处可见隐约的山影。舞台左侧，露出红柳编成的羊栅一角。

［幕启：羊栅旁边，几个牧女，有的在挤奶，有的在剪羊毛。

姑娘们　（合唱）

金盅湖的飞鸟虽然多，
白色的天鹅只有一窝；
巴特尔山积雪虽然多，
入云的冰峰只有一座；
夏营盘的鲜花虽然多，
最美的花儿只有一朵；
草原上的姑娘虽然多，

最好的歌手只有一个。

[一支箭穿颈部的大雁落在挤奶姑娘的脚边。

姑娘甲 （呼地蹦起来，闪到一边）哎哟妈呀，吓死人啦！

姑娘乙 （拾起大雁）兔子胆！叫一只死雁吓得吱哇乱叫！

姑娘甲 喂呀，箭从雁脖子穿过去的！

姑娘丙 真神！谁的箭法这么好哇？

姑娘乙 准是她。斯热歌大爷走了十五年，她没冬没夏、没日没夜地练了十五年，真有股子心气呀！

姑娘甲 你听，她来了。

[月亮花歌声：

复仇的角弓挎在我肩上，

[月亮花上。姑娘们迎上前去。

月亮花 （唱）

思亲的歌儿飞向遥远的他乡……

姑娘们 （唱）

歌儿哟，随着河水滚滚流去，

月亮花 （唱）

你可曾流到阿爸饮马的地方？

姑娘们 （唱）

歌儿哟，随着白云乘风飞去，

月亮花 （唱）

你可曾找到阿爸歇息的篷帐？

姑娘们 （合唱）

比风儿传得远哪，

比水儿流得长啊，

你的歌像红花开在奴隶心上。

一朵，一朵，

把当年的篝火又燃得明明亮亮……

［宝迪斯上。

宝迪斯 加，姑娘们，唱得真不错。

姑娘们 赛拜诺，宝迪斯奶奶！

宝迪斯 赛、赛。（对月亮花）孩子，又在盘肠啦？你呀……

月亮花 十五年了，一拿起角弓，就想起阿爸；一闭上眼睛，就梦见阿爸。就好像他昨天才领着起义军杀出去。耳边还响着他临走时说的那些话……

姑娘们 是啊，这些年大雁滩的牧人都在盼着斯热歌大爷回来呀！

宝迪斯 孩子，你阿爸就是走到天涯海角，也不会忘掉草原上受苦受难的乡亲们的，总有一天，他会打回来的。

月亮花 奶奶，你说得真好，我就盼着这一天哪！

［一阵杂沓的马蹄声，伴之以亲兵们吆吆喝喝，抽鞭开路的声音，接着，响起一辆马车驰过的声音。

姑娘甲 看，扎布大管家！

姑娘乙 哟，马车上还坐着贡嘎王爷新娶的汉人太太……

姑娘丙 听说，她阿爸还是个什么旅长呐！

月亮花 焦贵凤？她来干什么？

宝迪斯 老虎下山，毒蛇出洞，没好事儿！

姑娘们 （不安地）咱们走吧！（从四处奔下）

宝迪斯 孩子，你也回家去！

月亮花 站这儿瞧瞧，还能把我给吃了？

宝迪斯 听话，回去！弄不好要惹出祸事来的！

［月亮花不情愿地下。

［朝鲁持马鞭匆匆上。

朝　鲁　赛拜诺，老嫂子！

宝迪斯　赛，朝鲁，什么风把你给吹来了？

朝　鲁　天边上聚起了不祥的乌云，饿狼闯进了牧人的圈棚……

宝迪斯　怎么？出了什么事了？

朝　鲁　那个叫什么焦贵凤的王爷太太这会儿正在达瓦的马群里挑马。听说，她还要亲自选一个漂亮姑娘，连人带马一起送给兰城的山本太君。

宝迪斯　哦？……唉！不知谁家的姑娘又要遭殃啦！

朝　鲁　老嫂子，这大雁滩，上到王公，下到奴隶，谁不知道月亮花长得像莎尔伦一样好看，歌声比百灵鸟还要动听。你看……他们会不会在孩子身上打主意？

宝迪斯　（倒吸一口冷气，颓然坐下）佛爷呀，保佑月亮花吧！她要是有个什么，我可怎么对得起斯热歌和死去的托娅……

朝　鲁　老嫂子，夜长梦多，我看月亮花和我家小孙子达瓦的亲事，赶紧办吧！

宝迪斯　加，这是个好主意。……万一王爷要是怪罪下来，我们老年人担着就是了。

朝　鲁　走，咱们这就去商量商量！

宝迪斯　哎！

［宝迪斯、朝鲁下。

［草原上响起马群奔腾和嘶鸣的声音。月亮花跑到草坡上张望，忽然又躲到羊栅里面……少顷，达瓦满头大汗上。他用袖头擦着额上和脸上的汗水，望着前面月亮花家的蒙古包，把手拢在嘴边欲喊又止。向前走了几步，又退回来。

达　瓦　达瓦呀达瓦！你套马的那股子冲劲儿都跑到哪儿去啦！

［月亮花从羊栅后面露出头来，扑哧一笑，随即把嘴捂住。

达瓦回头，她又躲了起来。

达　瓦　（拿定主意）是啊，是啊！今儿个不管出多少汗，我也得把心窝子里的话一个字也不落，连锅端给她！哦嗨，就这么办！

［月亮花突然走出羊栅，站在达瓦面前。

达　瓦　是你？这、这……

月亮花　达瓦，你心窝子里的话，啥时候才能端出来呀？

达　瓦　什么？你，你都听见了？（擦汗）

月亮花　哎呀，怎么出了这么多的汗？

达　瓦　套马，热的……（搓手）

月亮花　是吗？（笑，发现达瓦手指出血）你的手？……

达　瓦　……没，没什么？（将手藏到身后）

月亮花　（从衣襟里扯出一布条）来，我给你包上。

［达瓦伸出手，月亮花替他包扎，达瓦深情地注视着月亮花……

达　瓦　月亮花……

月亮花　（继续包扎）嗯？

达　瓦　你真好……

月亮花　（包扎完毕）废话！（捧起大雁，走到达瓦身边）这是你最喜欢吃的。

达　瓦　（接过雁，不知说什么好）……月亮花！

月亮花　怎么？还是那句话，你真好？

达　瓦　（腼腆地笑了）不……我有好多话要说……

月亮花　哦？是吗？

［达瓦鼓起勇气，双手微微颤抖着抱住月亮花的双肩，深情地注视着她的眼睛。

达　瓦　朝圣的人在远方见过凤凰的翎毛、孔雀的尾，我听说，她像月亮一样照人，比花儿还美……

月亮花　洒在草原上像银子，洒在头发上像泉水——月亮呵，是神奇的太阳给了她牛奶一样洁白的光辉……

达　瓦　（唱）

两朵并蒂的马莲哟，
盛开在金盅湖畔。

月亮花　（唱）

银鬃骏马的脊背哟，
是我们爱情的摇篮。

达　瓦　（唱）

可记得风雪里纵马猎獾？

月亮花　（唱）

可记得月光下并辔习箭？

达　瓦　（唱）

银盘似的明月呀，

月亮花　（唱）

你给我们订下了姻缘。

达　瓦
月亮花　（二重唱）

啊……啊……
一根柔韧的金线，
用忠贞的爱情搓捻；
联结着两颗红心，
牵动着牧人 歌手的心弦——

月亮花 （唱）

两朵并蒂的马莲哟，
盛开在金盅湖畔；

达　瓦 （唱）

银鬃骏马的脊背哟，
是我们爱情的摇篮。

达　瓦
月亮花 （二重唱）

你的眼睛像银星闪闪……
我的达瓦比骏马矫健……

你的眉毛像新月弯弯……
我的达瓦比雄鹰勇敢……

你的心灵像黄金灿灿……
我的达瓦比猛虎强悍……

你的牧歌像春水潺潺……
我的达瓦比炉火温暖……

达　瓦
月亮花 （领唱、合唱）

啊……啊……
一根柔韧的金线，
用忠贞的爱情搓捻；
联结着两颗红心，
牵动着牧人/歌手的心弦。

达　瓦　月亮花，等咱们结了婚，走得远远的，好吗？

月亮花　到哪儿去？

达　瓦　到最远最远的天边上去！

月亮花　达瓦，咱头顶上蓝天有多高，可奴隶还是直不起腰；咱眼前草原有多宽，可奴隶还是没有落脚的地方……

达　瓦　照你这么说，连一点儿奔头都没有了？那咱们活着还有什么意思？

月亮花　活着，是为了报仇！达瓦，报仇！

［内喊达瓦，达瓦应下。吉素玛焦急地上。

月亮花　吉素玛！

吉素玛　月亮花？……（欲语又止）

月亮花　干吗这么着急？

（吉素玛背过身去擦眼泪。

月亮花　这又是怎么啦？……快说嘛！

吉素玛　王爷明天要摆宴席招待他老丈人焦旅长，我一不小心，把他待客的两只天鹅给烧煳了……（抽泣）

月亮花　那怕什么？

吉素玛　好妹妹，王爷要是知道了，会把我的两只手……剁掉的！（扑在月亮花肩上饮泣）

月亮花　别急，别哭嘛！你在这儿稍等一会儿！……一定等着！（下）

［巴根身穿日德格（蒙古族摔跤服）上。

巴　根　（喜出望外）吉素玛！你在这儿哪！

［吉素玛颔首回眸，转瞬间就把她深情、哀怨的目光从巴根身上移开，转身欲下。

巴　根　（拦住吉素玛）怎么，要走？吉素玛，你不知道我肚子里

憋了多少话，你就是给我三天六夜九后晌也说不完，你还是让我打开闸门，痛痛快快说上一阵儿吧！（唱）

吉素玛，我的好姑娘。
你的面容像花朵一样漂亮；
和你坐在一起谈心，
不觉得时光久长。
吉素玛，我的知心人，
你温柔善良的心地，
普天下都难找寻……

吉素玛 （痛苦地）巴根……你不要再唱这些美好的歌来扰乱我的心了……（欲下）

色　根 （抓住吉素玛的手）吉素玛，难道我是瘟神？难道我给你带来了痛苦和灾难？要是这样，你，你就走吧！（放开吉素玛的手，气呼呼地转过身去）

吉素玛 巴根，别这样……

巴　根 那为什么，你……好，要不要我把心……掏出来给你看看！

吉素玛 巴根，我的心，早就碎了；我们的命运，是由佛爷安排的。我求求你，不要再来找我了……

巴　根 不，吉素玛！只要你跟着我巴根，一定会有好运与的！（唱）

百灵鸟扑棱着花翅膀，
在蓝天里尽情歌唱。
自从爹妈在地牢里惨死，
两眼常被泪水遮挡。
小云雀舒展着银翅膀，
在湖面上自由飞翔。
自从命运拴在黑皮鞭上，

心泉里流出的只有无尽的忧伤……

[叮咚的驼铃声和货郎叫卖声。

巴　根　货郎来了！你等等，我给你买样好东西：（急下）

[月亮花肩搭两只天鹅上。

月亮花　给，吉素玛！（把天鹅递给吉素玛）别难过了！往后，硬气着点儿！王府里那些哈巴狗，专拣软的欺！

吉素玛　好妹子，我该怎么谢你呢？

月亮花　这种话我不爱听！……哎，我好像看见巴根来过这儿！

吉素玛　他刚走……

月亮花　干吗一来就叫他走啊！你真是的……

吉素玛　好妹子！谁叫你姐姐生来……命苦呢？

月亮花　咱们就搁下这命运不说，你到底喜欢不喜欢他？

吉素玛　（两颊飞起红云，欲语又止）……

月亮花　快说呀，吉素玛！

吉素玛　（终于鼓起勇气，眼里好像有火焰燃亮）不瞒你说，月亮花，当他穿上金盘银钉的吕德格，来到摔跤场上，我的眼珠都不会转了！从前面看，他像一头健壮的大象；从后面看，他像一头花身的猛虎；跳起来，像凤凰展翅；扑过去，像雄狮出山……当他摔跤得胜，张开两只胳膊，被小伙子们举过头顶的时候，我的心都快从嘴里蹦出来了！……（泪光闪闪，沉湎在美好的回忆和深深的激动之中）

月亮花　（被吉素玛的倾诉感染）吉素玛！这些心里话，你为什么不一古脑儿倒给他？

吉素玛　（又回到现实中来，眼神一下子变得异常黯淡）不……我是个世袭奴隶。……我没有权利爱，也没有权利恨……（从衣襟里掏出一块绣巾，一个荷包随之落地）……这是我偷

空绣的，你留着结婚用吧！（欲下）

月亮花 （拾起荷包）荷包！

吉素玛 （接过荷包）还没有绣完……

月亮花 绣得多好啊！给谁的？

吉素玛 （热泪盈眶，摇摇头，急下）……

［巴根手捧彩色丝线上。

巴　根 吉素玛！……吉素玛！（急赶几步）瞎！……连句暖心的话都没给我留下。（把丝线摔在地上）

月亮花 （拾起丝线）巴根，吉素玛不是个无情无义的人。她的心头积着厚厚的冰雪，你得下功夫把它融化掉。

巴　根 （点头领悟）你说得对呀！……我听你的！（把丝线从月亮花手里抓过来）月亮花，你说，我们会有好运气吗？

［月亮花咯咯地笑起来。

巴　根 哦嗨，会有的！我去练摔跤，明天表演。（下）

［月亮花走到羊栅边收拾羊毛。

［府丁在前，扎布引路，焦贵凤大模大样地上。

焦贵凤 （唱）

樱花香啊透心扉，
山本太君送我归。
兰城夜半定密谋，
红绸牵我出深闺……
嫁老鬼。

扎　布 （唱）

百花含羞鸟不飞，
太太更比王嫱美……
谁匹配？

焦贵凤 （唱）

昭君出塞为和番。

扎　布 （阿谀地，唱）

曲线救国志更伟……

焦贵凤
扎　布 （同时）震边陲。

焦贵凤 （得意地）嘿嘿嘿……

扎　布 （谄媚地）嘻嘻嘻……

月亮花 （鄙夷地）哈哈哈……

扎　布 好哇，是你！（上前凶狠地）见了王爷太太为什么不回避？

月亮花 这位太太我不认识。再说，这儿只有羊圈，我该到哪儿去回避？（转身欲走）

扎　布 站住！太太还没说话，你竟敢擅自离开！

月亮花 敢问大管家，我到底该回避还是该留下？

［扎布举鞭欲打月亮花。

焦贵凤 扎布！（从头到脚仔细打量月亮花，脸上现出满意的表情）可爱的姑娘，你叫什么？

月亮花 我叫月亮花。

焦贵凤 多么甜蜜的名字！……会唱歌吗？

扎　布 禀太太，这丫头是大雁滩百里挑一的歌手。

焦贵凤 叫她唱一个听听。

扎　布 （对月亮花）听见没有？太太叫你唱个歌！

月亮花 唱什么？大管家？

扎　布 什么都行，快唱！

月亮花 加！（唱）

鄂尔多斯卷起仇恨的风暴，

八方聚义，烈马奔腾，
巴特尔群峰山鸣谷应，
传颂着起义军的威名。

［扎布紧张地注视着太太的表情。焦贵凤泰然处之。

扎　布　（爆发地）住口！你为什么要唱谋反的歌曲？

月亮花　大管家，你不是说唱什么都行吗？

焦贵凤　（笑容满面地）你唱得很好，接着唱下去。

扎　布　太太？这……

焦贵凤　唱！

月亮花　（唱）

牛角号长鸣，告别了亲人。
扬鞭催马，纵横驰骋。

［牧人们闻歌呼应，转为合唱。

为了自由，
为了光明，
马刀闪闪，
冲向敌阵。

焦贵凤　（笑容可掬地很得体地拍了几下手）美极了，小歌手，我很高兴。谢谢。你……可以走了。

［月亮花施礼下。

焦贵凤　（脸色陡变）她是谁的孩子？

扎　布　斯热歌的。

焦贵凤　斯热歌？

扎　布　就是十五年前大雁滩暴乱的头领。还有一个叫乌巴的，突围时死在黑风峡。这个斯热歌，恐怕早把骨头抛在他乡异地了。

焦贵凤 扎布，就把这个月亮花，连同刚才看过的五十匹骏马一起送给山本太君，作为贡嘎王爷的晋见礼，你看怎么样？

扎　布 太太，山本太君一定会高兴的。

焦贵凤 大雁滩也会变得更安宁的。我的大管家！

［朝鲁、宝迪斯出现在羊栅后面。

［收光。

——幕落

第二场　没有结束的婚礼

［次日晨。

［月亮花家蒙古包的剖面。

［蒙古包右侧低矮的门框上挂着一个门帘，红色的古老纹饰依稀可辨。门外稍远处是一丛丛雾柳和沙柳，后面是金湖雁滩。

［幕启：宝迪斯忙着准备奶食，巴根扛一坛子马奶酒匆匆走来。

［众牧民在门外草地上收拾野味，姑娘们嘻嘻哈哈帮着宝迪斯忙里忙外。

［伴娘甲、乙把月亮花拥进毡包坐下，她俩一人拿出一把红木梳一面歌唱一面分梳着月亮花浓黑的长发。

伴娘甲　（唱）

南海的檀香树哟，
叶子是搭在一起的呀！
北海的红莲花哟，

根子是缠在一起的呀！
金盅湖畔的牧羊女哟，
咱们的命运是连在一起的呀！

伴娘乙 （唱）

东山的梅花鹿哟，
森林是你的朋友；
西山的金凤凰哟，
百鸟是你的朋友；
自幼相伴的姑娘哟，
你飞去了可有飞回的时候？

［宝迪斯捧起红绣巾，给月亮花裹在头上。然后把一朵朵莎尔伦花插在月亮花的鬓角上。

宝迪斯 （唱）

没有耀眼的珠宝，
采几朵莎尔伦做头饰吧！
没有漂亮的衣衫，
剪几片彩霞装扮你吧！
没有珍贵的嫁妆，
就把奶奶的心带去吧！

［马蹄声渐近。

姑娘们 哎哟，快来看哪，新郎来了！

伴娘甲 瞧，朝鲁爷爷的白胡子都乐得翘起来啦！哈哈……

巴　根 （羡慕地）嗬，达瓦小伙儿多精神，（自语地）唉！我什么时候能有这一天呢？

牧民甲 小伙子，别急！可别没娶媳妇就愁成个秃子，那我们可喝不上你的喜酒啦！

伴娘甲 秃子找个姑子嘛，那不是挺般配的吗？

[众大笑。

巴　根 小娘儿们嘴里没好话！我的好运气都叫你们给笑话没了。

[宝迪斯迎出毡包。

宝迪斯 （唱）

美丽的春光迎来了北飞的雁阵，

吉祥的云霞搭起了七色的彩门。

[朝鲁、达瓦和两个伴郎上。

朝　鲁 （高兴地捋着银色长须，接唱）

贵族娶妻，铺一路鲜红的毛毡，

牧人迎亲，只有那三弦的乐音。

宝迪斯 （深深鞠躬，接唱）

没有盛宴，只有手足情深。

朝　鲁 （鞠躬还礼，接唱）

没有聘礼，只有一片赤诚。

[朝鲁、达瓦向众人鞠躬，众乡亲还礼。

[巴根和小伙子们把达瓦拥进毡包，推到月亮花身边。达瓦当胸捶了巴根一拳，跳起来就走。众姑娘、小伙子把新郎新娘拥来拥去，终于把他们并肩按坐在一起，达瓦狼狈擦汗。

巴　根 达瓦，这是怎么啦？套马也没见你出过这么多汗嘛，啊？

[众嬉笑不止。

达　瓦 少说两句，谁也不会把你当哑巴卖了！

[月亮花用臂弯捣达瓦一下，达瓦马上正襟危坐。女伴们叽叽咕咕笑了起来。

[几个女孩子端上热气腾腾的野味，宝迪斯给众乡亲斟

奶酒。

宝迪斯 （举起酒碗）大雁滩上的红柳，根连着根；黑皮鞭下的奴隶，心连着心。达瓦、月亮花，从今后，你们要生活在一个毡包里，一个马背上，我愿你们的美好姻缘，风吹不动，雷打不散。

朝　鲁 乡亲们，我们两家三代人同过甘苦，共过患难，闹过义和团，搞过起义军，只落得杀头的杀头，充军的充军……这些就不提它了，如今达瓦、月亮花情投意合，又成了一家人……（用目光投向两个新人，心情复杂地）不易啊！可是！不管怎么说吧，这是兴旺的开头，往后的日子，就靠你们去奔去闯啦！（将酒碗举过头顶）乡亲们，来，干了它！

［众干杯欢笑。

巴　根 （举起酒碗）来啊！喝起来吧！唱起来吧（唱）

美不过月亮和星辰，
红不过并蒂莎尔伦。
女歌手爱上了牧马人。
幸福的姑娘啊，让我们衷心祝福您！

伴娘甲乙 （唱）

羊儿和草滩亲又亲，
鲜花和雨露不能分。

朝　鲁 （唱）

马背上携手结同心，

宝迪斯 （唱）

你们要白头到老永相跟。

［宝迪斯给在场者再斟一碗酒。

众　人 （合唱）

举起香醇的奶酒吧，
庆贺这美满的婚姻！
愿你们纯洁的爱情，
乳汁一样甘美、海洋一样深！

巴　根　哎，这回该轮到新郎新娘给大家唱一段了吧！

众　人　加，该新郎新娘唱啦！

朝　鲁　孩子们，唱吧！（操起了三弦琴调音，弹出了悠扬的前奏）

达　瓦　（净净嗓子，腼腆地唱）

手挽手长大的牧羊姑娘，
你是我心中银色的月亮。

月亮花　（唱）

肩并肩长大的驯马少年，
你是我心中金色的月亮。

男　众　（合唱）

没有月光的晚上。
琴师怎样弹唱？
没有月光的湖上，
情人怎样梳妆？
月亮一样俏丽的歌手呵！

达　瓦　（唱）

你是我的骄傲，我的荣光.

女　众　（合唱）

没有金泉的草场，
百花怎能开放？
没有银泉的牧场，
红柳怎能生长？

清泉一样潇洒的少年哟，

月亮花 （唱）

你是我的幸福，我的荣光。

众　人 （合唱）

啊哈嗬咿，啊哈啊哈嗬咿……

黑毡子搭成的蒙古包哟，

那是牧人的新房。

红松木做成的马头琴哟，

快奏起欢乐的乐章！

［随着音律，小伙子和姑娘们敲起酒盅、筷子高歌欢舞。

［一阵杂沓的马蹄声使歌舞欢笑为之中断，宝迪斯撩帘观望，旋即神色紧张地与朝鲁耳语，朝鲁安详地摆摆手。

众　人 不好，是扎布大管家和麻细家郎！

巴　根 哼，白眼儿狼带着狼崽子。

达　瓦 （呼地站起来）爷爷，咱们跟他干！

朝　鲁 不要乱动。达瓦、月亮花，你们躲进柳林里去！

［达瓦、月亮花下。

朝　鲁 老嫂子，巴根，跟我来！（走出毡包）

［扎布、麻细、府丁甲、乙上。

麻　细 （一把拽住牧民甲）瞎了眼的畜生，你没看见贡嘎王爷的大管家和你们慈父般的家郎走进浩特了吗？

牧民甲 没看见。请管家和家郎恕罪。

［麻细举鞭欲打，朝鲁上前拦住。

扎　布 宝迪斯！

宝迪斯 有什么吩咐？

扎　布 叫你那月亮花出来一下。

宝迪斯 她不在家。

［府丁进包，复出，向扎布摇头摆手。

扎　布 马上给我找回来，贡嘎王爷叫她。

宝迪斯 我就去找。（下）

［众正欲散去，吉素玛满脸伤痕，披头散发上，忽见扎布，吓得直哆嗦，回身欲躲。

扎　布 吉素玛，你到这儿来干什么？

吉素玛 ……没……没什么……

扎　布 （揪住吉素玛的衣领，举起鞭子盯着她的眼睛）没什么？是不是在外面勾上野汉子啦，嗯？快说！

吉素玛 没有……大管家，真的……没有……

朝　鲁 欺侮孤儿是作孽的。大管家！

扎　布 这儿没你的事（猛地将朝鲁推开）……吉素玛，王爷把你送给葛根喇嘛做活儿，这是你的造化，还不快回去收拾收拾。

吉素玛 （泪光闪闪）是，回去……收拾……收拾……（走了几步又回过头来）

麻　细 怎么，想给你的心上人报个信儿？不要脸的臭婊子！

［吉素玛突然跑回来，“扑通”一声跪在扎布面前。

吉素玛 大管家！求求你，求求你宽恕我这一回吧！葛根喇嘛那儿我实在……不能去呀？

［扎布一脚踢倒吉素玛。

巴　根 大管家，你凭什么把一个清清白白的姑娘楞往火坑里推？

扎　布 怎么？

巴　根 难道你不知道葛根喇嘛是出名的老毛驴吗？

扎　布 不许你口出狂言亵渎佛门僧侣。

巴　根　我，我找王爷讲理去。

吉素玛　巴根，你！……你不能去……

扎　布　原来是这样！（转向吉素玛）你们什么关系？说！（步步进逼）

［吉素玛咬着右手指，一面后退，一面摇头。

扎　布　真是不打自招……吉素玛，你不去葛根那儿也可以，但是你必须同王爷的马桩子拜天地，一辈子不能再跟任何人结婚……走吧！

吉素玛　（呆若木鸡，忽然泪如雨下，呼天抢地）不……不！……不！天哪，我的天哪！我的命……为什么……（昏厥倒地）

［巴根上前将吉素玛扶坐在地上，使劲摇撼着她。

巴　根　吉素玛，吉素玛！……为什么好运气总是落不到我们头上啊！

［扎布示意拖走吉素玛，府丁如狼似虎扑上前去。

［月亮花、达瓦突然出现。

月亮花　扎布大管家。

扎　布　哦——是月亮花。

月亮花　你找我干什么？

扎　布　是啊，谁能想到一个举起手来够不着骆驼屁股的阿拉特，会突然间时来运转，洪福齐天，月亮花，恭喜你呀！

月亮花　我不明白你说的什么？大管家。

扎　布　一句话，太太选中了你。今天，王爷要亲自把你和一大批精选的骏马送进兰城。

［意外的打击使月亮花愣住了。静场。

月亮花　……什么？……什么？你说……什么？

扎　布　（唱）

太太选美送山本，

塞上野花移兰城，

共存共荣建奇勋，

月亮花呀！

你明眸一笑值千金。

月亮花 （唱）

千金买我一声笑？

万金换我一曲歌？

明日我在堂上坐，

扎布！

你见了我该怎么着？

扎　布 （拂袖，弓腰，唱）

三跪九叩叫太太，

只盼你在山本面前把好话说。

月亮花 （唱）

美好的话儿比黄沙多，

我该帮你说什么？

扎　布 （唱）

弄一个军衔赏给我……

月亮花 （唱）

做梦也想把官做？

［扎布摇头摆尾十分巴结。

扎　布 （唱）

来世变驴报答你……

扎　布
月亮花 （二重唱）

拉车，围磨，

千斤重担我给你来驮……
　　　　你　我

月亮花　哈哈哈……（忽然正颜厉色，目光似电）跪下！

扎　布　啊……呃……

月亮花　扎布！你敢不跪下？

扎　布　（窘迫地）呃！……跪，跪，（谄媚地）反正……早晚得跪。（跪下）

月亮花　（狠打扎布左耳光）这一下算你的操心费！（又狠打扎布右耳光）这一下赏给你这个狗奴才！（转身急下）

扎　布　（气急败坏，暴跳如雷）追，追，快给我追！

［一场混战，达瓦力拒众敌。巴根一手摔倒一个。

［府丁甲乙追下。

［月亮花从柳林中射出一箭。正中麻细右眼。

麻　细　哎哟哟哟，我的妈呀！我成了瞎子啦，成了……瞎子啦！

——幕落

第三场 王爷府的午筵

[当天中午。

[富丽堂皇的王爷府客厅。

[四扇雕花大门通庭院。一侧有小门通边室。小门右面，是古色古香的屏风。客厅里，玉器、古玩、盆景、花瓶触目皆是。唯有墙上镜框里穿和服的女人画像，同这里帝王时代的陈设形成鲜明对照。

[幕启：贡嘎王爷和穿着和服的焦贵凤坐在太师椅上。两个女奴跪呈香茗，弯腰退下。

[扎布、麻细匆匆上，跪拜。

扎 布 启禀王爷。

贡 嘎 嗯……

扎 布 那月亮花，违抗王命，骑上雪青马，跑了。

贡 嘎 嗯？……（从座位上弹起来）我的亲兵们都是干什么吃的？

扎 布 我已经派他们分几路追捕这个在逃的阿拉特。

贡 嘎 酒囊饭袋！……畜牲！你叫我拿什么给山本太君做见面

礼？（掏出鼻烟壶，把一撮鼻烟塞进鼻孔）啊——啊——嚏！

扎 布 禀王爷，那月亮花弓马娴熟，武艺超人，不是等闲之辈。

焦贵凤 扎布！不要长他人志气，灭自己威风。我就不信一个放羊的丫头片子，能有多大能耐！

扎 布 太太你看，她一箭就射瞎了我儿子的右眼。

焦贵凤 麻细，起来！给我看看。

［麻细趋前摘下眼罩，王爷见状捧腹大笑。

贡 嘎 这不成了独眼龙了吗？啊？麻细！啊——啊嚏！

麻 细 王爷、太太可要替孩儿做主哇（匍匐在地）

焦贵凤 宝迪斯那个老东西也跑了吗？

扎 布 没有。

焦贵凤 既然她的孙女射瞎了你儿子的右眼，为什么还要让这个老家伙的两眼还能看得见头顶上的蓝天呢？

贡 嘎 是嘛，为什么让她还能看得见头顶上的蓝天呢？

扎 布 麻细我儿，王爷的意思你明白了吗？

麻 细 （喜出望外）谢王爷！谢太太！我马上就去找宝迪斯算账！（起身就走）

扎 布 王爷、太太，该用饭了。

贡 嘎 嗯……

扎 布 奴才们，上菜啰！

［众女奴捧漆盘上，将酒菜摆在八仙桌上，弯腰退下。

焦贵凤 叫歌女。

扎 布 叫歌女……

［一汉族打扮浓妆艳抹的歌女上.

歌 女 太太，唱什么？

焦贵凤 就唱那个抽大烟的歌吧！

歌　女　（唱）

　　烟盘儿富丽烟味儿香，

　　烟斗儿精致烟……

贡　嘎　（拍桌子）别叫唤啦！有这臭娘们儿一唱，我还能吃得下去吗？

［歌女慌忙退下。

焦贵凤　贡嘎，你这两天胃口不大好，我是特地让兰城有名的歌女唱一支流行歌曲给你开开怀的。

贡　嘎　太太，贡嘎我没有这等雅兴！

焦贵凤　北平、兰城的豪门贵族都有歌舞佐餐，这可是件时兴的文明勾当哟！

贡　嘎　我的小鸟儿！能给我开胃的只有一样东西。

焦贵凤　什么？

贡　嘎　血，血，奴隶的血！

扎　布　把达瓦带上来！

［五花大绑的达瓦上。他的蒙古袍被撕碎，半裸着上身，脸上、胸前伤痕累累，鲜血殷殷。

扎　布　达瓦，你罪孽深重，还不赶快跪下.

达　瓦　什么罪名？

扎　布　（唱）

　　你背着王爷私自结婚……

贡　嘎　（唱）

　　只此一条，就该刀斧加身！

达　瓦　（唱）

　　刀斧能砍断我的脖颈，

　　砍不断比冰山还要纯真的爱情。

焦贵凤 （唱）

爱情，早晨的露水，

爱情，过眼的烟云。

达瓦，可怜你这么英俊，

如此精明，

何必为她丢掉性命！

达　瓦 （唱）

千里迢迢，

投奔寿衣齐备的恶棍；

年纪轻轻，

嫁给祖宗一般的老人；

尊贵的太太，

莫非这就是你的爱情？

贡　嘎 （拍案而起）会说话的牲口！你不要忘记自己的身份！

达　瓦 我永远不会忘记自己的身份。这是你赐给我的，王爷！（唱）

达瓦是世袭奴隶驯马人，

黑皮鞭下活牲灵。

身份低贱面如漆，

胸膛里跳着一颗高傲的心。

他不会见了洋人叫阿爸，

他不会闻着臭脚喊黄金，

他不会捧起草原作贡品，

他不会手捻佛珠去杀生。

老爷们，你们听着！（唱）

肮脏的脸，洗上一遍就干净，

黑毒的心，刀剐千次也不灵。

我恨不能扒开锦衣绣服看一看，
你们到底是鬼还是人？

贡　嘎　（气急败坏）黑不溜秋的奴隶，好一张利嘴！来呀，给我打。

府丁们　扎！（把达瓦拖到屏风后）

［皮鞭声。

贡　嘎　打出血，血越多越好！皮开肉绽以后，鞭子蘸上水再蘸上沙子往肉里抽！啊——啊——嚏！

［皮鞭声更猛，一府丁将鲜血淋漓的皮鞭呈给贡嘎看。

贡　嘎　哈哈哈哈！好，再加劲儿！再猛一点儿。（兽性大作，暴饮暴食，唱）

贪杯偏爱听鞭声，
美酒千樽血酿成。
白骨如山奠基业，
称王须有虎狼心。

扎　布　王爷，这个达瓦怎么处置？

贡　嘎　先剁脚，让他下地狱也没有可以逃跑的双脚。再把肉一块一块地割下来，在他还没死的时候，扔到断魂滩，任随鹰啄、狼撕。

扎　布　喳。

焦贵凤　慢！杀掉一个达瓦并不可惜，可那月亮花，你就别想再把她弄到手了。

贡　嘎　这话怎讲？

焦贵凤　与其暴尸荒滩，不如金钩钓鱼。

贡　嘎　你的意思是……

焦贵凤　立即派人别处张贴告示：那月亮花要是五天之内不回到大雁滩来……

贡　嘎 怎么样？

焦贵凤 就杀掉达瓦。你想，那月亮花能忍心让这瓦为了她去做刀下的冤鬼吗？

贡　嘎 喂呀，我的太太！到底是留过洋的，满腹经纶，外加一条拐弯抹角的花花肠子，哈哈哈……好，好！就照你的绝招儿办。

焦贵凤 扎布。

扎　布 喳。

焦贵凤 军马粮草连夜送往兰城。

扎　布 这美人……

焦贵凤 把香饵甩出去，她能不上钩吗？

——幕落

第四场　沙漠之夜偶遇

［两天后。黄昏到夜晚。

［夕晖下瞬息变幻、气象万千的金盅湖，使人着迷，引人遐想。天空如锦缎，湖水像无数宝石映射出绚丽的跳跃的彩色，湖边灌木丛生野花烂漫。远处，金黄的大漠映衬着雾霭般蓝色的群山。湖对岸，烟霞迷离处铺展着碧毡一般的大雁滩。

［幕启。疲惫不堪的月亮花匆匆上。

［合唱：

一阵风，跑过了三十三片牧场，

一道闪，越过了九十九座沙梁。

为什么沙原无声湖水静静？

只听见心跳，听不见追兵马蹄响……

［月亮花俯身贴地倾听，远处没有马蹄声，顿觉精神松弛，坐在湖边红柳丛旁，以湖水为镜梳理散乱的长发。梳着梳着，耳边如闻婚礼时的音乐，思绪悠悠，心驰神往……

月亮花 （唱）

啊，祝福的歌儿还在耳边响，
啊，干裂的唇边还飘着奶酒香……
遥望对岸烟霞弥漫的牧场，
心中涌起一阵阵不安，一阵阵悲凉。
迷雾啊，快散开！快散开！
不要挡住我焦急思念的目光。
亲人啊，在何方？在何方？
可听见，我的歌正飞越千顷波浪……

［月亮花饥渴难忍，下意识捧起一掬湖水，刚喝了一口，就吐了出来。

月亮花 湖水啊，为什么又苦又咸？你真是金盅仙女的泪水汇成的吗？（唱）

相思泪，最辛酸，
点点滴滴金盅满。
湖水做镜形影单，
想起达瓦肠欲断。
金盅啊，但愿千年泪泉今夜干，
湖上明月重又圆，重又圆……

（困乏已极，酣然睡去）

［切光。

［合唱：

姑娘啊，你同仙女命运紧相连，
都有牧马少年把梦魂牵，把梦魂牵……

［灯复明。金盅湖映射着七彩的星光，一轮巨大的明月从湖面上冉冉升起。莲花在湖中散发清芬，仙鹤在岸边昂首

顾盼，孔雀在林中炫耀虹霓般的翎羽。一缕缕薄雾从水上和岩缝袅袅腾起，在月光下闪闪烁烁，像缥缈透明的轻纱。这时，九个仙女捧着金盅从月中飘飞下来，周身的环珮发出清脆悦耳的音响。她们来到酣睡的月亮花身边。一个仙女将金盅的水撣在她头发上。月亮花醒来，徐徐站起，揉揉眼睛，惊异地看着周围的一切。为首的仙女把金盅捧给月亮花。她接过金盅欲饮，又迟疑了。

仙　女　喝吧，它是甜的。我的眼泪早就流干了。

［月亮花捧起甘露一饮而尽。湖面上传来达瓦的歌声，忽东忽西，飘忽不定：

两朵并蒂的马莲哟，

盛开在金盅湖畔；

月亮花　（时而奔东，时而奔西，不见达瓦踪影，接唱）

银鬃骏马的脊背哟，

是我们爱情的摇篮。

［仙女们翩翩起舞。

［达瓦歌声：

可记得风雪里纵马猎獾？

［歌声中金盅仙女一挥手，千百朵莎尔伦花争相开放。又一挥手，两朵巨大的并蒂马莲在湖畔舒开了花瓣……这时，达瓦踏着月光粼粼的湖水向月亮花走来，月亮花歌唱着向他奔去。（唱）

可记得月光下并辔习箭？

达　瓦　（唱）

银盘似的明月哟，

月亮花　（唱）

你给我们订下了姻缘。

[他们相会在并蒂马莲下。

达　瓦
月亮花　（二重唱）

啊……啊……

一根柔韧的金线，

用忠贞的爱情搓捻，

联结着两颗红心，

牵动着牧人/歌手的心弦……

月亮花　（温柔地倚在达瓦的怀里）咱们永远相爱……

达　瓦　（看着她的眼睛，抚着她的头发）咱们永不分开……

月亮花
达　瓦　（同时地）永远相爱，永不分开。

[达瓦激动地拥抱月亮花，月亮花幸福地仰望达瓦的面庞。

[仙女们复上，围绕着他俩尽情欢舞。

[蓦地，狂风大作，浓云吞月，达瓦随风而去。月亮花呼喊，追寻达瓦。忽见贡嘎张开血盆大口狂笑不止，焦贵凤发出一阵阵阴毒的怪笑，笑声嗡嗡，响起巨大的回声。月亮花愤极，箭射王爷、太太，二人当即化作蓝色和黄色的浓烟……

[霹雳乍响，蹄声大作。灯暗。

[灯复明。月亮花惊醒，怅然四顾。忽闻蹄声，一跃而起，闪进灌木丛。

[亲兵们持皮鞭气喘吁吁，叫苦不迭。

亲兵们　（合唱）

王爷发怒。

太太下令，

荒沙野岭，

追个不停。

牧羊丫头，

实在机灵，

三弯两绕，

没了踪影。

哥儿们弟兄，

太不走运！

亲兵甲 （唱）

瞪大眼睛，

不许走神儿！

亲兵乙 （唱）

佛爷保佑，

苍天有灵……

亲兵丙 （唱）

这种差事，

亲兵们 （合唱）

真是玩儿命！

亲兵丁 （发现蹄印）马蹄印！？

亲兵乙 雪青马的！

亲兵甲 那月亮花，准在这一带藏着。搜！

[亲兵们四散搜寻无着。

亲兵甲 （向湖边喊话）月亮花，我劝你别跟爷儿们捉迷藏啦！王爷太太叫我给你捎句话：你要是五天之内不回去，你那心上的人达瓦可就要做刀下鬼啦！我说月亮花，你可别害了他呀！（对众亲兵）走，到那边儿搜搜。

［少顷，月亮花从灌木丛中走出。

月亮花 五天不回来，他们就要杀……达瓦！（跺脚，急下）

［马蹄声骤然响起。众亲兵跑上。

亲兵甲 是她。快追！别让她跑了！（率众追下）

［马蹄声渐渐远去。灯暗。

［合唱：

阔别家乡十五载，
当年战场今何在？
红星指路雁北飞，
斯热歌今日又回来。

［灯复明。沙丘连绵，宛如金色的海浪。沙原上，红柳丛丛，沙蒿簇簇，白草萋萋。右前方，两峰对峙，如双剑峭立，中有峡谷一线，人称“黑风峡”。

［斯热歌乔装货郎，在合唱声中上，举起拨浪鼓，连摇三下，走出四个同样打扮的游击队员。

斯热歌 贡嘎王爷送给山本的军马粮草马上就到。

队员甲 焦贵凤真有眼力，给咱巴特尔山游击队送见面礼来了！

斯热歌 （高兴地捻捻胡子）这可是份厚礼啊！咱们蒙古游击队驻扎在丛山峻岭，出没在浩瀚沙漠茫茫草原。没有骏马，就像雄鹰失去了翅膀，我们就很难完成奇袭敌后、牵制鬼子的任务。

队员乙 队长，咱们连锅端了它！

队员丙 这下王爷和山本可要疼得哇哇叫喽！

［众欲笑，斯热歌制止。

斯热歌 同志们！这是我们巴特尔山游击队打的第一仗。大家要紧密配合，干净利落地解决战斗。

众队员 是！

斯热歌 好了，现在大家换上伪军十三旅服装，到前面路口把军马粮草接过来。我在这儿观察兰城方面的动向。

众队员 是！（急下）

［暮色苍茫，夜静如水。

［一阵急骤的马蹄声，由远而近。斯热歌隐入红柳丛。月亮花疲劳过度，头昏目眩，步履踉跄，倒在沙坡上。斯热歌上前，按按她的鼻息，连忙摘下水壶，往她嘴里喂水。忽地他一阵震颤，倒吸一口冷气，壶中的水哗哗地倒在地上，陡然站起来，倒退几步……

斯热歌 为什么这样面熟？在哪里似曾相见？塞北大漠的清风啊，快吹开我心头的云烟！（唱）

啊……

岁月能淹没多少往事，

怎能把托娅的容颜冲淡？

月亮花生在月光明媚的夜晚。

夫妻俩心醉地晃着摇篮。

孩子同阿妈多么相像，

歌喉和飞箭震撼百里雁滩……

这姑娘真的是月亮花吗？（上前，发现月亮花背上的角弓，惊喜万分，百感交集地唱）

啊……

角弓肩上挎，

托娅血迹依稀见。
箭壶绘双龙，
托娅笑靥印腮边……
战士啊，戎马半生不落泪，
此刻呀，惊喜参半，恍如梦幻，
泪眼模糊把女儿唤……

（脱下袍子轻轻盖在女儿身上）

月亮花！我的……孩子！（唱）

你阿妈血染黄沙日，
秋夜一别十五年。
失群的孤雁飞万里，
羊城找到了毛委员。
艳阳融尽心头雪哟，
肩负重任回草原。
巴特尔山上展红旗，
沙漠之夜喜团圆。
孩子啊，你的阿爸在眼前，
苏醒过来吧，快一点，快一点！
让我们在今夜相见吧！
欢乐地相见，欢乐地相见……

[化装成伪军的众游击队员上。

队员甲 斯热歌同志，军马粮草全部搞到手了！

队员乙 那几个浑小子，看见我们这身打扮，还真当是兰城十三旅的呢！

斯热歌 任务完成得很出色。同志们，押上军马粮草，带着这个姑娘，连夜上山！

众　人　带着一个姑娘……上山？

［一阵马蹄声。

队员丙　报告队长，几个亲兵朝咱们这边来了，像是在追捕什么人。

斯热歌　（对队员甲）你留下警戒，照应这个姑娘，其余同志跟我来！（率众急下）

［月亮花醒来，抬起身子，看到穿伪军服的队员甲，大吃一惊。

月亮花　官兵？糟了！

［队员甲转身，月亮花迅即躺倒，闭上眼睛。队员甲转身向前走去，了望远处。月亮花撩开盖在身上的衣服，一头钻进红柳丛，随后是一阵飞速远去的马蹄声。

［队员甲奔向沙坡，拾起绣巾。

队员甲　跑了？姑娘！姑娘！（追下）

［斯热歌率众游击队员上，一面擦拭着匕首。

队员乙　干得真痛快！

斯热歌　（望沙坡）哎，人呢？

［斯热歌急步追去，遇游击队员甲。

队员甲　这姑娘，一转眼工夫就跑了！

斯热歌　啊？！

队员甲　丢下一块绣巾。

众队员　好像是结婚用的。

斯热歌　（接过绣巾）花绣巾？结婚用的？……月亮花呀月亮花，日思夜盼的亲人就在眼前，你，你怎么又跑了呢？

——幕落

第五场　木瓜树的悲欢

［三天后。

［这是一座废弃了的召庙的后院。月光如银，给这里的一切蒙上了一层神秘的色彩。右侧通寺院的月洞门上露出飞檐的一角。左面断垣残壁间生长着内蒙古草原特有的灌木。触目处横着青石条凳，石面被磨得又光又亮，大约是当年喇嘛闲坐小憩的地方。石凳一侧长着一株木瓜树，亭亭如盖，别有一番风姿。

［幕启：达瓦被铁链拴在树上，胸肩裸露，鞭伤交错，树干上染着几处血迹。两个亲兵不时从月洞门内探头张望，随即又隐入门内。

［乌云遮月。达瓦渐渐从昏厥中苏醒过来，顿觉遍体鞭伤疼痛难忍。这时，明月复出，洒下一片清辉。达瓦仰望圆月，如见亲人，难以抑制心中感情的浪潮……

［月亮花的歌声：

　　两朵并蒂的马莲哟……

达　瓦　（深情地）……朝圣的人在远方见过凤凰的翎毛、孔雀的尾，我听说，她像月亮一样照人，比花儿还美……

［月亮花画外音：洒在草原上像银子，洒在头发上像泉水，——月亮啊，是神奇的太阳，给了她牛奶一样洁白的光辉……

达　瓦　啊，月亮！你是她吗？……她是你吗？……是啊，你是多么遥远，又是多么亲近。哦嗨，让我们谈谈心吧！你能告诉我，我日夜思念的姑娘，她现在哪里吗？（唱）

月光啊，轻轻抚摸着我的鞭伤，
鸿雁啊，苦苦哀鸣着飞向远方。
刻骨的相思虽然没有形状，
却一寸寸割碎我的肝肠。
姑娘啊，你纵马离去五天五夜，
孤独的日子比五年还要漫长。
亲人啊，皮鞭如雨抽在我身上，
你的安危却时时挂在我心上。
昏厥时梦见百灵飞回我身旁，
你用泪水给我洗涤创伤；
猛醒来多么怕你闯进寺院，
你可知达瓦身边闪着蛇蝎的目光……
啊，我纵使朝朝暮暮把你望，
又怎奈召庙内外日日夜夜张着天罗网！
别回来呀，我渴盼的姑娘！
躲起来呀，我心中的月亮……

［乌云遮月。

［宝迪斯从断墙边摸索上，右手端着一只盛有食物的碗。

宝迪斯 （唱）

羊儿离去了，
留下心爱的水淖；
杜鹃飞去了，
留下养它的窝巢；
白云飘去了，
留下寂寞的苍山；
孙女远去了，
白发人四处乞讨……

达　瓦 （辛酸地）宝迪斯奶奶……

宝迪斯 达瓦，人家给了点酪蛋子，你吃了吧。

达　瓦 过一会儿，天就要亮了，你……留着自己吃吧！

宝迪斯 （震动地）什么？天快明啦？……（走到一边，旁白）天哪，我恨不能打一把天大的锁把月亮拴住，千万不要落下去。这天一亮，达瓦，我的达瓦，他，他，他……

达　瓦 奶奶，别难过……从今往后，你老人家多保重……只要月亮花不上当，不回来，给穷苦人找到一条出路，我就是在九泉之下……也会大笑……三声的。

宝迪斯 （急上前捂住达瓦的嘴）孩子，你，快别说了！（捧起碗）吃了吧，你不吃，就好比拿刀子戳我的心哪……

达　瓦 好奶奶，我吃，我……吃。

［宝迪斯抓起酪蛋子哆哆嗦嗦向达瓦嘴里喂去。这时，麻细从月洞门内急步走来，一脚踢飞宝迪斯手中的碗。

麻　细 老东西，我剜了你两只眼，你还不老实。

宝迪斯 （气得浑身颤抖，恨得咬破嘴唇）麻细！你，你——你可以剜掉我的肉眼，可剜不掉我心上的眼睛！（她用颤抖的

手怒指麻细，步步进逼）

麻　细　你，你要干什么？

宝迪斯　我看不见天上的白云，地上的羊群，可我能看见你胸膛里跳着一颗豺狼的心！我看不见山上的敖包，草滩的陷阱，可我能看见你这个臭皮囊早被魔鬼勾去了魂灵！

［扎布率亲兵上。

扎　布　宝迪斯！你知道今天是什么日子吗？你要是还有那么一点做长辈的慈爱之心，就趁早把月亮花交出来，或者，告诉我，她现在藏在什么地方。不然的话……达瓦的人头落了地，可是再也安不上去啦！

达　瓦　大管家，你多加点儿小心，我的人头就是落地，也要咬你一口！

扎　布　（下意识地倒退两步，色厉内荏地）该死的畜牲！……来啊，把他押下去！五更一过，开刀问斩！

众亲兵　喳！（上前解铁链）

宝迪斯　（肝胆欲裂，扑向达瓦）达瓦，奶奶对不起……你，让你空着肚子……上……路。

［亲兵们把达瓦从树上解下来，达瓦抱住宝迪斯。

［停顿。

达　瓦　奶奶……我走了。告诉月亮花，我用整个的心爱着她……就是下到地狱里，也要天天唱着……思念她的……歌。

［亲兵拖达瓦下。宝迪斯发疯般地追上前去。

宝迪斯　达——瓦，我的——孩——子！我的……（追下）

［少顷，巴根气呼呼地上，吉素玛追上。

吉素玛　巴根，你等等，你等等，我求求你，听我给你说……

巴　根　你什么也别说，我什么也不想听。

吉素玛　（转过脸去）你要是不肯听……我就是死……也闭不上……眼哪……

巴　根　行了行了，快回去梳妆打扮，跟着王爷找山本太君去吧！

吉素玛　（忽地双手抱头，像被雷击了一样浑身痉挛，一下子倒在巴根怀里）啊！……哈哈哈……

［巴根厌恶地猛推吉素玛，吉素玛瘫倒在地。

巴　根　你，你给我远点儿搧着！

吉素玛　巴根，你……（委屈难诉，热泪滚滚）佛爷呀，我吉素玛清白一世，眼下，就是跳到金盅湖里也……也洗不……清啊……巴根，你的心，难道不是……肉长的吗？……

［巴根后悔自己鲁莽，扶吉素玛坐在石凳上。

巴　根　（冷冷地）说吧，我听。

吉素玛　巴根，太太对我说，只要我跟着她上山本太君那儿去，就可以不杀达瓦。

巴　根　那你是怎么说的？

吉素玛　我想，为了救达瓦一命，成全他们那一对，就……答应了。

巴　根　（羞愧难当，悔恨不已）啊！……我真混，我真混哪！吉素玛，我，我错怪了你，我让你受了委屈，你原谅我吧！哦，你还是打我几下，骂我一顿吧！

吉素玛　巴根，别这样……从今以后，你把我……忘掉吧！

巴　根　不，吉素玛！咱们救出达瓦，一起逃走！

吉素玛　（悲戚地摇头）忘掉我，（克制着内心极大的痛苦）忘掉……我吧！

巴　根　不，吉素玛，我不能没有你。

吉素玛　（忽觉腹痛难当，冷汗淋漓）巴根……（闭上眼，又紧咬嘴唇睁开眼）巴根……

巴　根　吉素玛，你这是怎么了？！

吉素玛　（强作笑颜）巴根，我爹妈死后，只有你一个人给我这颗破碎的心送来一点人间的温暖。可是，命运掐着我的脖子，拴着我的手和脚，我只好盼望来世……能和你在一起，报答你对我的一片……情意……（腹痛加剧，自觉不久人世。颤抖着从怀里掏出精心绣制的荷包，眼泪一串串洒落在荷包上）……看见它，就像看见我……把它放在……紧贴心口的……地方吧……（唱）

丝线绵绵一根针，
妹欠哥哥一片情；
长夜漫漫叹苦命，
妹绣荷包泪淋淋。
绣上一对双飞鸟。
日日唱来夜夜鸣，
声声唱咱情无限，
哥呀，荷包就是妹的心。

巴　根　（接过荷包，贴在心口，唱）

七色彩线牛角针，
妹的情意比海深，
心似水晶命如纸，
越爱哥哥……越伤情。

吉素玛　（唱）

今生不能共白头
但愿来世……结同心。

巴　根　（唱）

巴根宁舍一条命，

定要救妹出火坑。

我这就到军马场去弄匹马，趁着夜深人静，咱们逃到王爷管不着的地方去！（欲下）

吉素玛 （气息奄奄）……等等……哎哟……喔……

［巴根搂住她，替她擦汗。

吉素玛 巴根，我说了，你别难过……我……我吞了毒药了……

巴　根 哎呀……吉素玛，你，你怎么忍心把我丢……下呀……

吉素玛 巴根……达瓦……还捆在……木瓜树上吗？

巴　根 （看树）只剩下一根铁链子。

吉素玛 （欣慰地）那就好……那就好……达瓦……得救了……（越来越衰弱）月亮花，我的好……妹妹，姐姐我……祝愿你们的……爱情……像十五的月亮一样……圆……满（死去）

［巴根抚尸痛哭

巴　根 吉素玛，我……对不起……你，你吞了毒药，我，我还把你推倒在……地上。姑娘啊，我连个不是都没来得及赔，你就扔下你想爱不敢爱的巴根……去……啦。啊……吉素玛！从今后，我要天天到坟上看你，给你添上……一把土，跟你说说巴根想你，爱你……和那一直没从心窝子里倒出来的……贴……心……话。（痴痴呆呆地抱起吉素玛，久久地望着她，泪水落在她冰冷的面颊上，摇摇晃晃地下）

［静场片刻。灌木丛中露出月亮花的脸。少顷，她从断墙上边跨进院里，直奔木瓜树。

［月出云层。树上血迹殷红，赫然在目。一条铁链垂在枝干上。

［月亮花抚着血迹，又捧起铁链，如乱箭穿心，一下子抱住木瓜树低声饮泣……她的耳边响起了达瓦的歌声：

两朵并蒂的马莲哟，
盛开在金盅湖畔；
银鬃骏马的脊背哟，
是我们爱情的摇篮。

［转成二重唱：

银盘似的明月啊，
你给我们订下了姻缘……

月亮花 （把铁链抱在胸前）……达瓦，我来晚了！……天上的明月啊，还有你，染着亲人热血的木瓜树，告诉我，告诉我，我的达瓦，真的变成了……屈死的……冤……魂……了吗？（唱）

风筝线断情难断，
驼羔悲鸣唤伙伴。
达瓦呀，我日夜兼程回雁滩，
却只见木瓜树上血斑斑。
临行的话儿你留给了谁？
只抛下一条伤心链……
千言万语我向谁诉哇……
长歌顿足问苍天——
明月呀，你引我情意绵绵梦达瓦，
怎忍看：牧女泪滴金盅满？
明月呀，你既然给咱连红线，
怎忍看：魂牵梦绕一朝断？
明月呀，你既然给咱订姻缘，

怎忍看：生离死别……不见亲人面？
……说不尽心头千种恨哪，
我恨不能箭穿子夜九重天！

［乌云遮月。巴根捧荷包上。

月亮花 巴根！

巴　根 是你？……（捧着荷包，呜呜地哭起来）你来迟了……一步。

月亮花 谁？你说什么？

巴　根 吉素玛！她……去……了。

月亮花 （心头又被插上把利刃）吉素玛！我的好……姐……姐，命运把你作弄得好苦哇！……神灵啊，你的眼瞎了吗？为什么把我们这些奴隶像野草一样践踏，像牲口一样宰割呀……

巴　根 月亮花，我活了二十七年，就像做了一场噩梦。现在，梦醒了……老爷们叫我摔跤打猎，只不过是把我当作一头能给他们取乐的活牲灵。他们根本没想到过我是个人，又怎么会降福给我们这种黑骨头？

［宝迪斯散发跣足，步履踉跄地上。

宝迪斯 救救达瓦！快来救救达瓦吧！

［月亮花急步上前搂住奶奶。

月亮花 奶奶！达瓦还活着？

宝迪斯 孩子！……达瓦被押到了断魂滩，再过半个时辰，刀斧手就要……

月亮花 奶奶，我就是粉身碎骨，也要把达瓦救出来！（转身就走）

［宝迪斯忙上前，拽住巴根。

宝迪斯 孩子，你可不能胡来啊！他们到处抓你，要把你送给山本……

［月亮花回身，见奶奶拖住巴根，顿起疑团，又来到奶奶面前仔细端详……

月亮花 奶奶，你的眼？

宝迪斯 （转过脸去）没，没什么……叫沙子给迷了。

［云开月出，月亮花看清奶奶面目。

月亮花 啊？！

［宝迪斯连忙捂住双眼。月亮花倒退几步，呆愣片刻，一下子扑到奶奶怀里。

月亮花 奶……奶！

宝迪斯 孩……子！

月亮花 （唱）

只当是风沙迷了奶奶的眼，
谁知你，你你你…………面前的浓雾永不散，
黑夜沉沉没有边，
再也看不见孩子的容颜。
啊……撕了我的肺吧！
割了我的肝吧！
还我奶奶一双眼，
还我奶奶一双眼……

奶奶，快告诉我，凶手是谁——是谁？

巴　根 是麻细家郎！

月亮花 （拔出匕首，唱）

热血沸腾周身流，
拔出钢刀向凶手。

（欲走）

宝迪斯 （唱）

一时性起休莽撞，

孩子你往哪里走？

月亮花 （唱）

算清旧账报新仇。

不杀麻细不罢休。

宝迪斯 （唱）

阿爸的弓箭可曾丢？

月亮花 （唱）

时时刻刻挎肩头。

宝迪斯 （唱）

阿爸的嘱托可曾忘？

月亮花 （唱）

要为奴隶们报冤仇！

奶奶！（双膝跪在奶奶面前）我从小死了妈妈，走了阿爸。数九寒天，你用身体暖我；荒时暴月，你为我忍饥受渴……现在，我长大成人了，你……又为我忍受了天大的痛苦，天大的羞辱。奶奶，你就让我去杀了他吧！不杀了他，我这口气……出不去呀！

宝迪斯 孩子，十五年前你阿爸闹起义，你阿妈舍性命，是为了个人恩怨、一家私仇吗？

月亮花 阿爸说过，报千家仇，雪万户恨，给牧人们找一条活路……

［明月西沉。

宝迪斯 孩子，听奶奶的话，趁着黑夜，快逃出去，像你阿爸那样，去给牧人们找一条活路。

巴　根 月亮花！咱们把达瓦救出来，一起逃！

月亮花 活着，和达瓦一起到天涯海角去找活路；死了，跟达瓦手拉手下地狱！

巴　根　说得对呀！窝窝囊囊活一世，不如痛痛快快干一场！

［朝鲁急上。

朝　鲁　哎呀，我的百灵，你怎么飞回来啦？

月亮花　爷爷，我能不回来吗？

朝　鲁　孩子，回来得正好！

众　人　正好？

朝　鲁　老嫂子，今晚上浩特里来了个货郎，他捎了个信儿，说是斯热歌回来了！

宝迪斯　我的孩子？

月亮花　阿爸？

巴　根　（同时地）大叔？

宝迪斯　他兄弟，那货郎还说些什么？斯热歌这会儿在哪儿？

斯　鲁　嗨！真想不到哇！斯热歌现在成了共产党，上了巴特尔山，还拉起了一支游击队。

月亮花　爷爷，啥叫那个……游击队？

朝　鲁　就是转悠来转悠去……专打日本鬼子、卖国贼的……那个队呗！

宝迪斯　朝鲁，我不是在做梦吧？

月亮花　巴根，咱们赶快把达瓦救出来，一块儿奔巴特尔山找阿爸去！

巴　根　哦嗨，这下可有奔头了！

［阴森、恐怖的号声，那压抑的、长长的拖音令人毛骨悚然。

宝迪斯　达——瓦！（双手抱住白发散乱的头）

月亮花　巴根，走！

朝　鲁　慢。刚才，我到断魂滩转了好一阵子，琢磨了个救达瓦的办法。

月亮花 啥办法？

朝　鲁 刑场附近有一个军马场。（对月亮花）你钻进马场放把火，让几百匹马炸了群，冲进刑场。（转向巴根）你找几个靠得住的小年轻儿，趁乱把达瓦救出来。

［灯暗。

［少顷复明。火光熊熊，骏马嘶鸣，蹄声如雷，人声嘈杂。亲兵们匆匆过场。片刻，朝鲁带路，巴根背着昏迷不醒的达瓦从月洞门上，恰遇府丁二人，被月亮花一箭射死一个，另一个被巴根一脚扫倒。

月亮花 巴根，快走！直奔巴特尔山找游击队去！

［朝鲁、巴根背达瓦急下。

［这时，扎布带亲兵从月洞门上，麻细带打手从断墙上，月亮花以木瓜树为掩护，一连射死几个，发现箭已尽，拔出匕首藏于袖中。

麻　细 月亮花，箭没了，你的看家本事用不上啦！

［月亮花从木瓜树后走出来。

月亮花 麻细，我跟你走。

麻　细 上山本太君那儿？（欲争头功，连忙上前）

月亮花 （抢前一步，一刀刺进麻细心口）不，上阎王爷那儿！

［这时，亲兵已把月亮花团团围住。

扎　布 捉活的！捉到活的，王爷有赏！

［月亮花寡不敌众，被俘捆下。

［众乡亲奔上。宝迪嘶喊着月亮花的名字，晕眩，被两个妇女扶住。

［合唱：

啊！……

啊！……

神马哟神马你在哪？你在哪？

快快冲进牢房救出她！救出她！

——幕落

第六场　唱到最后一刻

［次日夜。

［王爷府内室。

［一排花窗敞开着。窗下火炕上摆着锦衾绣褥，铺着羊毛花毯，摆着饰有宝石的银烟枪、铜烟灯。右侧，丝绒帷幔低垂。穿过幔帐，可见一扇通外室的门。

［月亮花的歌声：

啊，忧愁的歌曲唱了几百年，
我要用角弓把悲壮的史诗弹唱；
啊，流泪的歌曲唱了几千年，
我要给曲调染上希望的霞光。

［歌声中幕启。

贡　嘎　唱了一天一夜了，还在唱，还在唱！都快把人唱疯了！这个被神灵抛弃的月亮花！……来啊，给我把窗户关上！

［两个女奴出现在窗外，把窗户关拢。

［贡嘎掏出鼻烟壶，往鼻孔里塞进一小捏鼻烟。

贡　嘎　啊——啊——嚏！（侧耳听，仍有歌声）

［月亮花的歌声：

囚牢天窗外的狂风啊，

请把游击队的消息送进每一个窗口；

歌儿飞遍茫茫草原啊，

阿爸他又在牧人中间奔走……

贡　嘎　（猛拍桌子，杯盘碗盏一齐都跳了起来）扎布！扎布！

［扎布出现在门口。

扎　布　王爷有什么吩咐？

贡　嘎　你去告诉月亮花，叫她马上住口！她要是再唱，我叫她现时现刻去见阎王！

扎　布　王爷，你已经叫我去过三次了。那月亮花说，你越是怕听，她越是要唱。

贡　嘎　真是叫恶鬼缠住了！……你，你给我活活儿憋死她。

扎　布　喳。

贡　嘎　要慢慢儿憋死，叫她多受点儿罪再下地狱。

扎　布　王爷，把刚剥下来的生牛皮紧紧地裹在她身上，越收紧，她就越出不来气，要不了几天，她就……嘿嘿嘿……

贡　嘎　哦哈哈！哦哈哈哈！好主意，马上去办！

［扎布下。焦贵凤穿校官服从内室上。

焦贵凤　贡嘎，朝鲁和巴根带着一伙人直奔巴特尔山去了！

贡　嘎　嗯……这些人早就该杀！看起来，人还是不能杀得太少！

焦贵凤　（出示电报）爸爸打来的电报。

贡　嘎　都说些什么？

焦贵凤　你听着！（唱）

游击队声名赫赫震塞上，

月亮花大闹法场非寻常。

你若不当机立断除祸根，

十三世的基业就要在顷刻之间全丢光！

贡　嘎　那，那怎么办才好呢？

焦贵凤　（念）“……望贤婿火速建立人数众多、装备精良之保安团，与兰城方面对共军游击队成夹击之势，围而歼之。”贡嘎，你听懂了吗？

贡　嘎　啊？——啊——

焦贵凤　这就是说，我们若不能反过手来掐住巴特尔山游击队的脖子，奴隶们就会把他们脖子上的枷锁套在你的头上！

贡　嘎　套在我的头上？那怎么行？……是得闹他个保安团！可这……枪支、弹药、教官从哪儿来？

焦贵凤　贡嘎，靠山……不就在你眼前吗？

贡　嘎　（茫然地）……谁？

焦贵凤　嘿嘿嘿……

贡　嘎　啊，对对对，太太，你不就是我的靠山吗？

焦贵凤　只要我爸爸到山本面前奏上一本，保你应有尽有。（唱）

七天内全副装备送到你的手。

贡　嘎　太好了，七天后我就在敖包山下成立保安团！（唱）

保安团如狼似虎把那威风抖，

敖包上血淋淋祭他几颗人头……

焦贵凤　只要你破釜沉舟跟着皇军走，贡嘎呀！（接唱）

贵凤我高堂深院、运筹帷幄……给你当参谋！

贡　嘎　哈哈！你真是我的好太太！

［一阵阵狂风吹开花窗，窗外出现月亮花剪影。歌声大作：

一千座蒙古包的琴师哟，

将巴特尔之歌尽情弹奏；
一万个苦海中的奴隶哟，
快把刀锋对准豺狼的心口。

［转成千万牧人气势宏大的合唱。

像春风吹遍北疆啊，
像黄河日夜流淌啊，
你把漫天星光洒在奴隶们心上，
起义军的篝火啊又在金湖燃亮……

贡　嘎　关窗！关窗！快关窗！

［女奴关窗，扎布急上。

扎　布　禀王爷，跟着月亮花唱歌的人越来越多，把王府都围起来啦！

贡　嘎　把月亮花的脑袋砍下来，听不到她的歌声，牧人们会走的。

扎　布　喳。

焦贵凤　慢，贡嘎！

贡　嘎　太太？

焦贵凤　王爷，那月亮花唱的不是普普通通的牧歌小调，她的祖宗三代没有一个安分守己的人。再加上她那个闹暴乱的阿爸成了共产党……

贡　嘎　你说该怎么收拾她？

焦贵凤　不能这么无声无息地把她弄死。

扎　布　太太说得对。是要在紧要关节的大场面上把这个小孽种拿出来斩首示众！

焦贵凤　这样，才能给斯热歌当头一棒，狠煞一下大雁滩乱民的邪气。

贡　嘎　还是贵凤想得周到。扎布，把月亮花投进地牢。几天后，就拿她的人头祭敖包，用她的血染保安团旗。

扎　布　喳。

——幕落

第七场　大雁滩的盛会

［数天后。

［敖包山前，大雁滩上。

［乌云沉沉，云隙中射出一道道雪亮的阳光。敖包山下，搭着一顶豪华的帐幕。帐前，是开阔的大草滩。

［在阴森压抑的喇嘛音乐中幕徐徐启。八个亲兵上，肃立两厢；八个府丁上，肃立帐前。少顷，扎布上，摊手弓腰，四个女奴搀扶着杀气腾腾的贡嘎和满头珠饰的焦贵凤徐步走上台阶，坐在帐幕正中。

贡　嘎　贵凤，你来草地不久，今儿个我给你换换口味，看看我的刀斧手是怎么把一个女奴隶的头砍下来的，哈哈哈……

焦贵凤　贡嘎，这可真是一种新鲜的娱乐呀！

贡　嘎　把月亮花带上来！

扎　布　带月亮花！

［刽子手上。亲兵推刑车随上。月亮花被捆在车上，牧人们上前去，围住刑车，有的呼唤着她的名字，有的揩着眼泪，

有的为她祈祷……

牧人们 （合唱）

花抽噎呀……

山低头，

泪带血呀……

云牵愁，

啊……月亮花，你不能……走，

不能啊……不能！

不能啊，不能！

不能啊不能！

草原多么需要你，

乡亲怎能没有你呀，

——受苦人的好歌手。

月亮花 （眼望亲人，依依难舍，心潮汹涌，不能自已，唱）

亲人啊，你不要肝肠痛断放悲声，

湖水啊，你不要掩起雾幔遮泪痕，

鸟儿啊，你不要字字啼血恋歌手，

芳草啊，你不要难割难舍扯衣襟……

[乡亲们被亲兵打散。

月亮花 （唱）

月亮花踢翻一碗断魂酒，

牧羊女虽死九泉无遗恨。

面对青山喊三声，

驯马少年你听真：

穿云的阳光手中的剑，

雁滩歌手情最深——

头断，肢裂，魂不散哪……

马背上伴你杀敌人！

［宝迪斯脚步蹒跚奔上，悲痛欲绝，跌倒在地，被一妇女扶起。

宝迪斯 月亮花，我的孩子！我这看着你长大的白发人，怎么忍心……给你……送……行……呢？

月亮花 奶……奶！

宝迪斯 （唱）

人都说：云雀见你羞红了脸，

月亮见你也无光；

你的弓是仇恨的琴弦，

奏出了多少传奇佳话；

你的歌像春天的鲜花，

我怎忍心……看着你……血洒天涯？

月亮花 奶奶呀！（唱）

我把爱情留给达瓦，

我把角弓留给阿爸，

我把歌声留给人间，

我把思念留给你老人家……

你的心像春天的阳光，

我怎忍心……把白发老人……丢下？

宝迪斯
月亮花 （二重唱）

啊……

山羊皮包着你/我长大，

牛粪火一天半锅茶。

我/你又当阿爸又当妈，

临行前，

说不尽满腹伤心话。

［牧人们拥向刑车，许多臂膀同时伸向月亮花。

牧人们 （合唱）

啊……啊……

心中有你，

钢刀挖不去牧人的思念，

歌中有你，

烈火烧不灭希望的春天……

一妇女 月亮花，你活在我们的歌曲里！

一男子 你活在蒙古民族美好的传说里！

月亮花 （热泪盈眶，目光灼灼）奶奶，不要为我难过。乡亲们，不要为我悲伤。那些吃人肉、喝人血的蒙奸们横行的日子长不了啦！金子一样的太阳就要升上草原的蓝天啦！到那时候，你去把天上的白云摘下来装饰我们的沙漠草原吧！

［一亲兵来拖宝迪斯。她突然挣脱亲兵，扑向帐幕。

宝迪斯 王爷，把我杀了吧，拿我的头去祭敖包吧！让我替孩子……去死吧！

扎　布 把这个瞎老婆子拖下去！

［亲兵拖宝迪斯下。

宝迪斯 让我替孩子去死吧……

［众牧人黯然泪下。贡嘎、焦贵凤走到月亮花面前。

贡　嘎 太太，你的金钩钓鱼之计，还真灵哪！为了你的锦囊妙计，为了咱的保安团，咱们好好庆贺庆贺：要赛马，要摔跤，要骑射，要摆羊背子，开筵席，一醉方休，哈哈哈……

月亮花 王爷，金鸡已经啼鸣了，你们还能做几个香甜美梦？冰峰的雪已经融化了，你们还能刮几阵白毛阴风？

焦贵凤 月亮花，别逞能了！和我焦贵凤较量，你还稍微嫩了点儿。嘿嘿……早知今日，何必当初？你要是跟着我上山本太君那儿去，怎么会落到这种田地？

月亮花 尊贵的太太，在走上断头台之前，我能问你几句话吗？

焦贵凤 请吧……

月亮花 那个叫山本太君的是你什么人？

焦贵凤 呃……这个……

月亮花 你又给他送骏马又给他选美人，到底是为什么？

焦贵凤 多么奇怪的问题！

月亮花 你来到大雁滩，神出鬼没，忙前忙后，钻到山本太君的饭桌底下摇头摆尾，转来转去，他给了你什么好处？丢给你几块骨头？

焦贵凤 月亮花，你……

月亮花 太太，你把自己这一堆臭肉标上价钱卖给日本鬼子不算，还要出卖草原，出卖祖宗，出卖民族！中国人的脸，叫你给丢尽了！

扎　布 （掏出手抢）敢再放肆，我毙了你！

贡　嘎 一颗黑枣？便宜了她！

焦贵凤 （被骂得好一阵才回过味来）好一个月亮花！不管怎么说，我胜券在握。等会儿比赛结束，我要砍下你的头来祭敖包，用你的血染保安团的团旗！

贡　嘎 来啊！把她带下去。

众亲兵 啊！

［亲兵们押月亮花下。众牧人呼喊着哭泣着拥向月亮花，

被打散。

［府丁上。

府　丁　禀管家，乐师们赶到了。

扎　布　你把他们安排到乐队的位置上。

府　丁　喳。有请乐师！

［由游击队员化装的众乐师上。在草滩上席地而坐。

扎　布　奏乐。骑射比赛开始！

［乐师们奏起紧张的赛马音乐。一阵叩击草原的蹄声骤然响了起来。贡嘎张大嘴望着。

贡　嘎　张丑！把你的看家本事都用上！

扎　布　张丑射箭了！

焦贵凤　哎呀，一箭命中！

贡　嘎　好小子，没白啃我的肉骨头！……哦嗨，两箭命中！（挥着拳头，流着口水）

扎　布　这小子，弓法还真不大离儿嘛！

焦贵凤　三箭，好！……四箭……又中靶了！

贡　嘎　看！第五箭……

扎　布　又中了！我的王爷！

贡　嘎　太好了，我的太太！

焦贵凤　快看，要射第六箭了……

扎　布　准错不了！

贡　嘎　喔唷……嗯……（跌坐在椅子上）

扎　布　真可惜，这一箭一定是大意了！

焦贵凤　为山九仞，功亏一篑呀！

［一府丁上。

府　丁　禀王爷，骑射比赛完了。

贡　嘎　谁的成绩最好？

府　丁　张丑。六发五中。

贡　嘎　嗯，把奖品拿来！

［府丁呈上奖品。

贡　嘎　我要亲自给张丑发奖。

焦贵凤　叫张丑到帐前来。

扎　布　张丑！到帐前来领奖！

［斜刺里闪出一个须眉如霜、鹤发童颜、身背角弓的老汉。

老　汉　请问：骑射死靶子，六发五中，算得什么英雄好汉？

贡　嘎　怎么？我的射手，你敢不服？

老　汉　你们看：天上的雁阵！大管家，给我骏马！

扎　布　王爷，让这个棺材瓤子试试，要是吹大气儿，干脆把他的头也砍下来祭敖包。

贡　嘎　嗯，就这么着。

扎　布　给老家伙备马！

［府丁送来马鞭，老汉接鞭。

老　汉　乐师们，奏乐！（下）

［乐师们奏起扣人心弦的音乐。

［蹄声大作，骏马嘶鸣。

［伴唱：

纵身上马似飞燕，
一道闪电过草原。
大鹏展翅张满弓，
箭穿雁颈落九天。

［六支箭穿颈部的大雁纷纷坠落在帐幕左右前后。

［贡嘎大惊失色，焦贵凤倒抽一口冷气，扎布伸出来的舌头半晌缩不回去。

［银须老汉昂首阔步来到帐前，众肃静。静场片刻。

贡　嘎　喂，你姓甚名谁？家住何方？这百里雁滩怎么从来没见过你这位技艺超群的老英雄？

老　汉　回王爷：我家住雁滩浩特……

贡　嘎　哦？

老　汉　生长在金盅湖畔……

贡　嘎　什么？你是……

老　汉　怎么？不认识了？贡嘎老爷！我就是你的那个老对手——大雁滩起义军头领、巴特尔山游击队队长斯热歌！（一面说一面扯掉白须、白眉、白发）

［斯热歌话音刚落，巴根从乐队中跳出来，甩出匕首，刺死扎布。会场大乱。贡嘎逃走，斯热歌追下。达瓦挥刀与亲兵格斗。焦贵凤从帐幕桌下朝达瓦开枪，正值亲兵蹦到达瓦位置，当场毙命。达瓦举刀扑向焦贵凤，焦贵凤正要开枪，飞来一箭射中她的心口。达瓦猛回头，原来是月亮花。

［《两朵并蒂的马莲》歌起……

［经历了悲欢离合，情人执手相看，月亮花眼中含着泪水……

达　瓦　你受苦了……（用手指轻轻抹掉她眼角的泪水）

月亮花　你呢？

达　瓦　我日日夜夜都在记挂你……

月亮花　我时时刻刻都在盼望你……

达　瓦　你看，比十五年前还要痛快！现在要是有一坛子马奶酒，我准能一口气喝它个点滴不剩！

月亮花 可是我还没喝，就已经醉了……

［牧民甲上。

牧民甲 好消息！斯热歌大叔活捉了贡嘎老贼！

月亮花 走，咱们快找阿爸去！

［月亮花拉着达瓦下。

［朝鲁搀扶宝迪斯上。

宝迪斯 他兄弟……是斯热歌回来了吗？人呢？人呢？（急切地伸出双手）

朝　鲁 老嫂子，甭急，说话就到。

［斯热歌与几个游击队员上。

［《起义歌》弱起。

斯热歌 妈妈！在这儿，你的孩子……在这儿……

［宝迪斯一下子捂住眼睛。

宝迪斯 天啊，你让我看上一眼，一眼也是……好的……孩子，这不是在……做梦吧？（颤抖地摸着斯热歌的脸）

［月亮花奔上，见到阿爸，却突然站住……

月亮花 阿……爸！（哭）

［斯热歌把月亮花紧紧搂在怀里。静场。

［马头琴、四胡奏出如泣如诉的旋律……

［月亮花摘下角弓，单腿跪下，双手捧弓。

斯热歌 （接过弓）孩子，咱们几辈人拿着它揭竿而起，流血，拼命……

月亮花 为的是头顶上没有鞭子，脖子上没有枷锁，为的是找一条穷苦牧人的出路……

［《起义歌》变得强烈、悲壮。

斯热歌 这条出路找到了——革命！孩子，革——命！

［巴根上。

巴　根　报告队长！山本送到大雁滩来的枪支弹药，我们全部验收过了！

斯热歌　好！

朝　鲁　斯热歌，孩子们的喜事才办了半截儿，这回你到家了，双喜临门，咱们该痛痛快快喝喜酒啦！

众　人　达瓦、月亮花，这下子你们的婚礼可热闹啦！

［众笑。青年们把达瓦、月亮花推到一起。

［众边唱边舞：

金碗里斟满了香甜的马奶酒，
奶酒敬亲人，双手举过头；
银碗里盛满了白生生的酥油，
拉起马头琴，欢歌如水流……
啊……啊……

斯热歌　（唱）

奴隶的赞歌献给共产党

达　瓦　（唱）

马背上奋勇向前不停留。

月亮花　（唱）

月亮花永远朝着红日开，

众　人　（合唱）

战旗下跃马横枪跟党走。

剧　终

（原载于《剧本》月刊增刊1979年第二期，江苏歌舞剧院歌剧团演出）

最后一杯苦酒

眼睛生来不是为流泪，而是为了寻求。

——题记

人物表

林长芬——女，街道干部。

林湘知——林长芬长女，工人。

林湘忆——林长芬幼女，待业青年。

唐乐亭——男，照相馆摄影师。

唐六零——唐乐亭子，待业青年。

唐亚菲——唐乐亭女，煤球店营业员

卫　牛——男，卖冰棍的。

吴　心——男，编辑。

章　平——男，大学毕业生。

黄导演——男，电视台导演。

男演员——电视剧演员。

邮递员——男。

小个子——男。

青　年——甲、乙、丙。

第一幕

［20世纪80年代，一个夏天的早晨。一条平平常常的胡同里，有两家平平常常的人家。

［我们先看看唐家。门外，梧桐树下，四个青年正玩着扑克牌，其中一个叫唐六零。他二十来岁，机敏、神气，人有点油，嘴有点贫，外号“二精灵”。不知怎么搞的，今天他手气不好，输得头上已经顶着别人的一只塑料凉鞋。这一盘又是他输。

青年甲　OK！好极了！又是你输！（脱下鞋）再加上一只，双层电车！

唐六零　（把鞋打掉）去！

青年乙　讲好了的，输一圈顶一只鞋。

青年丙　（拾鞋）二精灵，咱们牌场上讲的就是信誉，可不比机关衙门办事！

唐六零　他的鞋太臭！

青年乙　（脱自己的鞋）那好，顶我这只．刚洒了一瓶芳香牌花露水！

唐六零　（挡）哎哎！铁哥儿们！今天——我……哎哎！咱们是不是换个花样……

青年甲　那也行，拿大顶，倒着爬！（上去拖唐六零）

唐六零　哎哎！我给各位演奏一段吉他怎么样！

（摸过身后靠在树旁的吉他）

青年乙　不行，你得爬！我来伴奏！（拿过吉他）

［青年甲、丙来按唐六零。

唐六零　哎哎！（躲）我给哥儿们跳一个吧！

青年丙　行啊，跳那最时髦的“死的可”！

唐六零　什么呀！叫“迪斯科”！

青年甲　对对！这样，这样，再这样！哈哈哈……（跳）

唐六零　Yes！（拿过琴来弹）

［唐六零和青年们边唱边跳。

唐六零　（唱）

你可知道，

我在想什么？

（合唱）

想什么？想什么？想什么？

唐六零　（唱）

你可知道，

我在爱什么？

（合唱）

爱什么？爱什么？爱什么？

唐六零　（唱）

啊，我也不知我在想什么，

想什么，想什么……

（合唱）

我也不知我在爱什么，

爱什么，爱什么……

（夸张地模仿歌星销魂的模样，引得大家前俯后仰）怎么样？这回够意思了吧？来，接着干，我还真就不信这个邪呐！

［青年们坐下，分牌。

［唐乐亭上。他五十出头，说话不紧不慢，看起来悠然自得，不过悠然自得中露着凄楚，给人一种落魄的感觉。他拎着菜篮子回来。篮子里装着一把芹菜，见六零在打牌，从后面上去一把拧住他的耳朵。

唐六零 哎哎！谁——（一转脸）啊，爸……你……

唐乐亭 你倒挺自在啊！

唐六零 人家就玩一会儿……

唐乐亭 煤买了吗？早饭做了吗？

唐六零 买煤，姐还没上班；早饭……哎唷！别动手嘛！

青年甲 对对，唐大叔，五讲四美三热爱嘛！

青年丙 对对，君子动脚不动手！

唐乐亭 什么？（一用劲）

唐六零 哎唷！爸，快松手！

青年甲 （一望）办事处林婶来了！

［唐乐亭连忙松手。

唐六零 亏你还自称照相艺术家呢！一点修养都没有！

青年乙 哎呀呀！都快拧出血来了，这可是侵犯人权啊！

唐乐亭 碍你什么事？我是他老子！

唐六零 老子也别当着我朋友面整我！多跌份！

青年丙　对呀，我们都是二十多岁的青年公民了！

唐乐亭　回家做饭！

唐六零　我不是说过，我虽然是待字号青年公民，但绝不是家庭妇男！

唐乐亭　少啰唆！（又上去揪唐六零）

唐六零　哎哎……（躲）

［林长芬上。她五十岁，头发已经斑白，但举止敏捷，显得很精神。她有一双深沉的大眼睛，平时总是慈祥、自重地微笑着；只有在沉静下来时，才流露出深深的忧郁和惆怅。

林长芬　他唐叔！

唐乐亭　（立刻垂手）哦哦，是林婶……

唐六零　（立刻过去）林婶，你瞧我爸！

唐乐亭　我，我怎么啦？一清早就凑在一块打牌！

青年甲　不打牌又干什么呢？上工还是上学？

青年乙　我们是无业游民！

青年丙　（唱）"阿玛浪古，啊……"

林长芬　少贫！饿着你们谁啦？

青年甲　横高竖大的，总不能混吃等死吧？

林长芬　这是暂时的。

青年乙　（紧接）面包会有的……

青年丙　（伸手）工作，会有的。

林长芬　（把表格递在他们手上）给！

唐六零　什么？

林长芬　区里发下表格来啦，了解一下待业青年的专长和爱好。

唐六零　有人要给我们工作了？

林长芬 干吗老问谁给工作？为什么不问问自己：都能干些什么！

唐六零 我会安电视机！

青年甲 我会剃头，大光头！

青年乙 我会……磨洋工。

林长芬 （瞟了乙一眼）就你调皮！自己填，今天就交到街道办事处去。可我提醒你们一句：靠办事处，这还是老办法。八仙过海，开动脑筋，你们就不能自己组织起来干点什么？

青年甲 对呀，还是林婶想得周到！

青年乙 敢情，这叫信息！

青年丙 好！还是林婶好！

［青年甲、乙、丙下。

唐六零 林婶，你们家湘忆也填了吗？

林长芬 也有她。可我们二妞什么也不会。

唐六零 谁说的？她缝纫机踩得多带劲儿！

唐乐亭 那是，（转问唐六零）湘忆没一样不比你带劲儿的。

林长芬 她唐叔，孩子大了，自尊心强了，在外头给他留着点面子。

唐六零 就是嘛！还是林婶最贴心。

林长芬 小六零就是招人疼，从小就跟我亲的呀……

唐六零 敢情！我爸隔离那阵子，我白天晚上跟着您。那时候，我还以为您就是我妈呢！

［唐乐亭一惊，尴尬；林长芬一愣，黯然。

唐乐亭 这个愣头青！

林长芬 ……我……我去送表去。（下）

唐乐亭 六零！

唐六零 嗯？

唐乐亭 以后这种话少在你林婶儿面前瞎嘞嘞！

唐六零 什么话呀？心里怎么想就怎么说嘛！谁有这么个妈谁福气，可惜我……

唐乐亭 少啰唆！回家！

［唐家。

［鸡叫。床上腾地跳起个人。这是唐亚菲，拖着毛巾被。她体态健美，五官端正，浓眉大眼，看上去不算丑，但是张口说话就显得俗，满头缠着卷发器。这会儿给鸡叫醒了，睡眼惺忪，跑过来对着门口鸡笼子踢了两脚，然后回到墙角镜子前梳头。

［唐六零和唐乐亭进来。

唐六零 瞧！才起床！

唐亚菲 谁才起床？吵死了！

唐六零 我可没吵你！爸，这回明白了吧？我是为了不妨碍我姐安息才去打牌的！

唐亚菲 谁说你了？我是说该死的鸡！

唐六零 那还不好办，今儿就宰了，做香酥鸡，我来露一手！

唐乐亭 什么？那鸡还得养几天，我有用处。你还是赶紧做早饭。

唐亚菲 我马上要上班啦！

［唐六零白她一眼，不乐意地开始倒豆粉，煮豆浆。

唐亚菲 （在镜子面前左照右照，嗲声嗲气地唱着）

流水长，情也长，想你想断肠……

唐六零 姐哎，你那肠子断了，这豆浆我可全包圆儿了！

唐亚菲 少贫！

唐乐亭 （边擦身上汗）唉，抗日战争的时候，我们唱的是，

同学们大家起来……

唐亚菲 爸，我们这会儿起来干吗呀？

唐六零 起来熬豆浆，侍候小姐您哪！

唐亚菲 怎么的？有一天，你这豆浆端到我面前，我还不希得喝呢！

唐乐亭 那喝什么？

唐六零 白兰地就面包——洋餐！可是姐啊，你那一天什么时候到啊！

唐亚菲 你等着吧！快了！

唐乐亭 （一愣）唔？

唐六零 等到那天，时来运转，一下子叫哪位导演相中，离开店，刺棱一下子从亚非拉跳到电影厂——

唐亚菲 这有什么不对？你打听打听全区三十六个煤球店，七个环卫所，有几个干部子女？

唐六零 那你也得看看人家电影厂要不要你呀！

唐亚菲 哼！懂行的都说我镜头感挺好的，角度也挺多。去年在文化宫会演，听说电视台有个姓黄的导演还打听过我。好多人都说我的眼睛像李秀明，嘴巴像刘晓庆……

唐六零 可惜啊，你是小姐身子丫鬟命！还得在煤球店整天守着那些黑乎乎的乌金墨玉！

唐亚菲 这又怎么的？听说张力维还是个卖肉的呢！不一下子就让导演看中了？

唐六零 那我们就等着沾你的光了，尊敬的明星小姐！（端豆浆）

唐亚菲 怎么？就光喝豆浆？

唐六零 还有不带馅的包子，发过酵的面团儿！（忽然盯住唐亚菲的头）哎哎，你怎么拿我的线圈板当卷发器？你，你……

唐亚菲 （咬馒头）哎唷！你这买的什么馒头？（吐）呸！净是沙子！

唐乐亭 （也硌着了牙）哎唷，你这……（捂着腮帮子）

唐六零 （拿过馒头看）二宝这小子！我去无线电厂后门拣零件，

叫他帮帮忙……唉！

唐乐亭 （拿镜子照牙）你们俩呀，一个有了工作嫌不好，做梦也想拍电影，一个不是打扑克就是转市场淘换电子管儿，买一斤馒头还得沾上半斤沙子。嘿嘿，咱们六零真能！

唐六零 爸，我这么耗着当“家庭妇男”已经够心烦的了。摆弄半导体、电视机也不光是玩，可您还这么唠叨！

唐乐亭 唉，这些年，我转过脸来是爹，调过腚去是妈。做爹，我得威严点；做妈，我得唠叨点儿。

唐亚菲 我怎么没见您威严过？

唐乐亭 （一愣，拿筷子朝唐亚菲点了点）好，现在我就来说说你。对象找了好几个了，怎么就成不了？可不能长着一双高射炮的眼睛，就不看看自己。

唐亚菲 自己怎么啦？一辈子找一个，干吗不好好挑挑？

唐六零 一个小照像师傅的女儿，别挑花了眼！

唐亚菲 多新鲜哪！买两斤西红柿还挑那又红、又大、又不烂的，买个西瓜又是弹、又是拍、又是听的。（对唐乐亭）我可不能像您似的，让妈妈撇下我们走了。

唐乐亭 （一颤）你——

唐六零 姐哎，你可是哪壶不开提哪壶！以后，不要再提那个女人！多扫兴！

唐亚菲 女人？不，那是咱妈，再说，那也不能全怪她……

唐六零 （打断）不怪她怪谁？在最困难的时候扔下一家人，还配叫妈！呸！

唐亚菲 你才几岁？懂个屁！

唐乐亭 都给我住嘴！谁也不准用这种口气说话！

［静场。唐六零收拾碗筷。唐亚菲换裙子。唐乐亭拿起报

纸坐到窗下看。

唐乐亭 （对唐亚菲）今天什么班？

唐亚菲 早班，一会儿就走。

唐乐亭 煤买了吗？

唐亚菲 票已经开了，明天让六零去拉。

唐乐亭 林婶家的呢？

唐亚菲 那还用吩咐？

唐乐亭 （对唐六零）明儿先把你林婶家的送去，他们煤快烧完了。

唐六零 是，一式两份。我们这两家真有意思。隔壁姐俩没爸爸，咱们没妈妈……看来，世界上的事圆圆满满的少，总得缺那么点儿！

唐乐亭 （瞪他）少废话！

唐亚菲 好！好！（笑着拎起包上班去了）

［唐乐亭沉默不语，继续看报纸。

唐六零 （搬无线电走过）爸，这一阵您怎么老看《青海日报》！跟咱相距十万八千里！

唐乐亭 你懂什么！（仍看报，突然发现什么，匆匆拿起报纸出去）

唐六零 爸，你忙着上哪去？

唐乐亭 不用你管！（下）

［天下起了小雨。

［再来看看林家。

［林湘知上。她看上去是个性格沉静的姑娘。目光中流露出某种暗暗的矜持与淡淡的哀愁。她离三十岁不远了，穿一身白裙子，头发全淋湿了。此刻，刚由外边回来，神情恍惚，心事重重，倚在门口一棵树下，长长吁了一口气，望着雨丝发愣。

［吴心打着伞上。他四十岁上下，面目清瘦，目光炯炯，谈锋犀利，颇有风趣，阅历较深。他发现林湘知，微微一惊，但没有马上喊她，轻轻走过去，用伞为她遮雨。

林湘知 （发觉，木然地）哦，是你！

吴　心 哦，你可回来了！

林湘知 你找我？

吴　心 是的，先到厂里，后来又去……火车站。

林湘知 啊？有急事？

吴　心 哦，稿子。主编说了，你的《梨树下的月光》争取下一期发，要你改一改。

林湘知 稿子呢？

吴　心 在这儿。我想再跟你聊一聊。

林湘知 可我今天……

吴　心 你累了，是吧？用不了多少时间，主要是……结尾。

林湘知 （不觉犯难起来）结尾……

吴　心 在这篇小说里，你倾注了全部感情。看得出，你的等待，你的寻求，都是非常值得的。只是结局——

林湘知 吴心同志，小说是小说，我是我。

吴　心 哦哦……我是说，古今中外的作家，往往都会不知不觉地表现自我。——当然，也有例外……

林湘知 （接过稿子）我怕是，改不好了。

吴　心 （紧问）为什么？

林湘知 这……（停顿）让我想一想。改日再谈好吗？

吴　心 哪天？

林湘知 （诧异）哪天？

吴　心 （忙解释）主编说……

林湘知 是啊，你们都希望我写出一个美满的结局。可是我……怕没这个能力。

吴　心 不，你能够。你，还有你文章里的主人公，都会有这个勇气的。湘知同志，大胆点，用新的观念来解释生活！我——翘首以待……

林湘知 那……再见！（移步向家门走去）

吴　心 再见！（撑着伞送过去）

［林湘知停步。

［吴心意识到什么，马上抱歉地转身下。

［林湘知进门。

［林家。

［里间传出缝纫机声。林湘知进家以后，长时间兀立不语。

［传来附近唐六零弹吉他唱歌的声音：

　　你可知道我在想什么……

［林湘忆出来，手拿一件刚缝好的花裙子。她二十二、三岁，活泼、开朗，脸上总挂着调皮的笑，眼睛像姐姐一样深邃，只是不住地眨巴。

林湘忆 （一惊）姐姐。你什么时候回来的？一点声音都没有！（见林湘知不语）你转过脸去。（替林湘知转过身子，把连衣裙贴在她身后比试）正合身！

林湘知 （转过身来淡漠地看着妹妹）……

林湘忆 喂！怎么样？一流水平！

林湘知 （淡漠地）你的？

林湘忆 我没这福气！这是结婚礼服。（伸手）给赏钱，一斤巧克力不算多吧？

林湘知 你……说些什么呀！

林湘忆 真的！没钱，没钱……那就给我唱支歌吧！

林湘知 （不语）……

林湘忆 真的，姐姐，最近怎么听不到你唱歌了呢？

林湘知 我……不想唱。

林湘忆 到时候不想唱也得唱！婚礼上头一个节目就是新娘、新郎二重唱！来，我们演习一遍，我扮我未来的姐夫！——开始！

［林湘知发愣。

林湘忆 （打着手势）来，唱支欢乐的！（起调）

“生活啊生活多么芬芳……”开始！

［林湘知木然。

林湘忆 唉，瞧你这个样子，简直被生活累垮了。一个二级工，要上班，要读夜校，还要不停地写，写……梨树下的月光，虚无缥缈，像一个又一个梦。你就整天生活在幻想之中。

林湘知 你又看我的稿子了？

林湘忆 而且觉得不合我的口味。第一，女主人公心里明明对一起插队的男同学有感情，为什么偏偏要克制？

林湘知 这……

林湘忆 怕家庭问题影响对方？总还可以给人家一点希望嘛！

林湘知 那时候，要是给他希望就等于毁了他……

林湘忆 就算是吧，那么后来呢？男的上了大学，女的回城进了工厂——这下总可以了吧？

林湘知 姑娘在等待。她希望通过自学能够赶上他。

林湘忆 干吗非要这样——不可思议！

林湘知 这是我作品中的人物，又不是我自己……

林湘忆 是你自己，你骗不了我。这个男主人公就是章平！姐，你打算怎么结婚呢？这个暑假他已经毕业了。到了摘下面具、揭开谜底的时候了！

林湘知 是啊……

林湘忆 刚才又去车站接他去了？没接着？（看林湘知摇头）没信、没电报去接什么？

林湘知 我心里觉得，他该……回来了……

林湘忆 哟，第六感官！说明你心中有数。真回来了，就把事情定下来，也算我这条裙子没有白做！

林湘知 （控制不住地）嗯，这次……我要……告诉他……

林湘忆 有进步！那么干脆，我现在就给他拍电报！叫他回来！林湘知出阁成大礼！

林湘知 不，再等等，等等。

林湘忆 等等，等等，好像我们家的人都是等的命！你在等，我在等——

林湘知 ——你等谁？

林湘忆 （笑）我？等工作呀！——妈妈也在等，等那个连影子都没有的爸爸！（用手碰掉了文竹叶子）

林湘知 （大声）别动！看，你把叶子弄掉了……这是妈的命根子……

林湘忆 哦。真该死！姐，你见过……爸爸吗？他在哪？还活着吗？

林湘知 他离开的时候，我也刚记事，好像……

林湘忆 他是不是死了？

林湘知 不。他活着。你没看妈常给这盆文竹浇水？

［林湘知姐妹二人不约而同地看文竹。

［林长芬上。

林湘知 妈回来了！

林湘忆 妈，看我把姐的裙子做好了！怎么样？

林长芬 不错，有长进，多做几件就熟练了。

林湘忆 还多做呀？我都快成家庭妇女了！

林长芬 这就是一门手艺，有手艺就业方便些。

林湘忆 就业就业，就是无业。

林长芬 就业的办法变了。给你一份调查表，把会裁剪、做衣服写到特长这一栏。

林湘忆 哪个厂？

林长芬 先登个记，区里要作个调查。

林湘忆 还是纸上谈兵啊！你知道年纪轻轻在家吃闲饭是啥滋味吗？

林长芬 不愿闲着，眼下有个差事，你愿意干吗？

林湘忆 啥差事？说吧！

林长芬 事情不大，责任不小。

林湘忆 妈瞧不起人。

林湘知 妹妹能行！什么事儿？

林长芬 婚姻介绍所严阿姨病了，你去顶两天成吗？尽义务的！

林湘忆 啊！尽义务没啥！可我不会当干部呀？而且，而且给人介绍对象……妈，人家自己还不知道找对象是怎么回事呐，就……

林长芬 你只管抄抄写写，发发通知。

林湘知 二妞能行！

林湘忆 好，我先给自己介绍一个！

林长芬 你这个疯丫头！

林湘忆 姐，来试试裙子。（拉林湘知）

林长芬 ——湘知！这有你一封信！

［林湘知一惊，忙接信。

林长芬 是后街小妹捎来的，要我带给你。

［林湘知急忙看信。

林长芬 （小心地）是章平的？

林湘忆 姐，他什么时候到？

林湘知 ……已经到了。

林湘忆 哦？（拿过信看）“不日登门拜访……”这是什么意思！叫他马上来！我去通知！

林湘知 不不。别……

林湘忆 又来了！口是心非！约他上公园。来个现代化的速度，我也去！

林湘知 你……

林湘忆 我场外指导，你放心。这下好了，你的等待结束了！“持久战”胜利万岁！换上新裙子吧！

林湘知 这……

林湘忆 又犯傻了吧？

林湘知 不，我怎么总觉得……

林湘忆 你的第六感官又告诉了你什么？别尽给自己戴枷锁了！来吧！（拿起新裙子，拉林湘知进里屋）

［林长芬看着林湘知姐妹二人进屋，拿起水壶给文竹浇水。

［唐乐亭拿着报纸上。

唐乐亭 长芬！

林长芬 她唐叔！

唐乐亭 长芬，你看看这段！

林长芬 （一惊）什么？《青海日报》？

唐乐亭 （指）这里。青海进一步贯彻中央指示，又落实了一批人的政策……

林长芬 （看报，不语，看毕轻轻放下）哦……

唐乐亭 我一直在想，也许从报纸上能发现文修竹的名字……

林长芬 谢谢你，不用费心了。

唐乐亭 也许真的能呢？你给他原单位去的信还没有回音？今天没来信吧？（见林长芬摇头）也许原单位撤销啦？再往别的地方写信试试？

［林长芬不语。

唐乐亭 沧海桑田，变化大呀！转眼二十三年了！现在回过头去看，那时候好糊涂啊！修竹因为自己戴上了帽子，怕连累你们，竟然提出离婚，我这个介绍人，居然也同意了！都糊涂了，糊涂了……我只当是暂时的，缓兵之计，谁承想一个运动接一个运动……转眼之间，都白了头哇……

［林长芬一颤，神色黯然。

唐乐亭 （换一种口气）现在，终于好了，大家都出头了，修竹一定会回来的。再等等，再等等，会有消息的，会有信来的，会的。

［林长芬轻轻地摇头。

唐乐亭 长芬，你要有信心，要相信，善有善报……多少人家不都是大难不死，劫后重逢？（笑）说不定，哪一天，忽然有人敲门，一看，是修竹！还是那副笑盈盈的样子！（见林长芬神往）世上的事情有时候就那么巧！嘿嘿，嘿嘿……是不，长芬？

林长芬 （一惊）啊？（强笑）哦，是，是……

［林长芬、唐乐亭走近文竹。

［林湘忆拉着穿了新裙子的林湘知出来。

林湘忆 妈！唐叔！看，领导时装新潮流！

唐乐亭 哟，相知，你今天真，真……

林湘忆 像新娘子，是吧？

［林湘知打林湘忆。林长芬高兴地看着她们。

唐乐亭 （高兴地）像，像。湘知打扮起来真精神。

林湘忆 连唐叔都发言了。来，新娘子，我教你一段现在婚礼上的交谊舞。来，唱！跳！乐！

［林湘知仍乐不起来。

林长芬 （悄声对唐乐亭）章平回来了。

唐乐亭 （高兴地）哦？好，是吧？你看。好消息开始一个接着一个来了……嘿嘿，嘿嘿……我走了。（放下报纸，出门）

［迎面邮递员上："火瓦巷 20 号，信！"

唐乐亭 （迎上去）信？谁家的？

邮递员 姓林的。一封退信。青海退回来的。（交信，转身下）

［唐乐亭看信，大惊失色。

［林湘知出来。

林湘知 唐叔，谁的信？

唐乐亭 （藏信）啊，啊，是……不是……

林湘知 是不是……爸爸的？

唐乐亭 啊，不，不是……（颤抖，信落地）

林湘知 （忙拾起）"收信人死亡，退回……"（晕）

唐乐亭 湘知，湘知！（拿过信）千万别告诉你妈……

［林长芬出来。

林长芬 湘知，谁的信？

唐乐亭 （装起信）哦，是亚菲的，我们亚菲的，电影厂来的，要去拍电影的……

［林湘忆跑出来，手里抓着新裙子。

林湘忆　真的？什么时候走？

唐乐亭　快，快了……

林长芬　（走向林湘知）湘知？

林湘知　哦，是亚菲要拍电影去……

林长芬　（敏感地）湘知？

林湘知　（掩饰地）二妞儿这条裙子做的真不错，正合身，唐叔，我穿起来也像个演员吧？湘忆，谢谢你！哦，你不是要我唱个歌吗，我唱，唱个高兴的。（强打精神唱）

“生活啊生活，多么芬芳……”（不觉走调，眼中含泪）“多么芬芳……”

［众人望着林湘知。

——幕徐落

第二幕

［第二天下午。红日西斜。

［湖滨公园门外。这是本城唯一的一座公园，附近有一个煤球店和小吃部。

［林湘忆在公园里眺望。唐六零拖一车煤过场。

唐六零 闪开！闪开！聋子啊？（见林湘忆转身）哎呀！二妞儿？对不起！

林湘忆 这是给我们家买的吧？

唐六零 那还用说！

林湘忆 交给我吧！

唐六零 别，别！我爸有令，你们家的重活累活一律不能叫大姐、二妞儿干，统统由我包干了！

林湘忆 你爸可真好，处处想着我们。

唐六零 二妞儿，我是我爸的儿子，我也不含糊！（挺起胸脯）你要是遇到什么沟儿坎儿的，我唐六零保证两肋插刀，完全彻底！你给我个接受考验的机会！比如，装个电视机怎么样？八十块！铁定好用！

林湘忆 要是我不稀罕呢？

唐六零 那……那……反正我还要跟你……

林湘忆 （眼睛一瞪）跟我什么？

唐六零 跟你……讲哥们义气！

林湘忆 哦？现在就有一个考验。

唐六零 什么事？

林湘忆 我姐跟一个人在公园里约会，我安排的！

唐六零 哟！跟谁？

林湘忆 章平。

唐六零 是不是跟大姐在农村战天斗地，后来进了大学那一位？怎么，毕业回来了？

林湘忆 嗯，今天是一次正式会谈，关键性的一次，懂吗？

唐六零 嗯，我懂。

林湘忆 我姐是个窝囊废，我怕她关键时刻动摇，在这侦察情况。

唐六零 这任务交给我，他要是敢动大姐一个指头——

林湘忆 你想哪儿去了？我对他们情况不摸底，我怕万一有什么变化，我姐感情上受不了。

唐六零 他敢！我把他扔湖里去！你们家的事也就是我的事！

林湘忆 别胡来！只要你在这帮助我看着点！

唐六零 那这车煤？

林湘忆 先送回去。这会儿他们正在里面谈呢——快去快回！

［唐六零拖车下。

［林湘忆又向公园里眺望。林长芬上。

林长芬 湘忆！在这儿干什么？

林湘忆 妈！（指）在里边。

林长芬 （不觉向公园瞅一眼）嗯。（停顿）你在这儿等等你姐。

林湘忆 那还用说！不获全胜，决不收兵！

［唐乐亭上，脖子上挂着照相机。

唐乐亭 湘忆！瞧什么啦？

林湘忆 唐叔！

林长芬 她唐叔！出来照相啊？

唐乐亭 呃，想照几张新的，把橱窗换一换。（对林湘忆）你姐来了吗？

林湘忆 在里边。（又望）妈！好像有突破。章平脸红红的，有点不好意思，我姐……嘻嘻……直拧手绢儿！

林长芬 那你就别紧盯着人家了。

林湘忆 嘿嘿，大功告成！我走了！（进煤球店，下）

［静场。

唐乐亭 她婶，我看这次就把湘知的事情办了吧？

林长芬 我也是这么想的，就看今天谈得怎么样了。

唐乐亭 是啊，湘知是个好孩子，自尊心强。这次要是定下了，婚事要像像样样地办，不能委屈了她。打家具、刷房子，我们六零有一帮小哥们；买东西、布置房间就交给亚菲。咱们都热闹热闹高兴高兴的！多少年没遇上喜事了嘛！

林长芬 是啊！湘知的婚事一直是我的一块心病……

唐乐亭 说得就是！我也着急着呐。修竹不在，我就是她的——（忽然停住）

［林长芬迷惑地望着他。

唐乐亭 （自觉失言）哦哦，我是说……这些年来，我一直把她当亚菲的姐姐看待……

林长芬 是，是啊……哦，她唐叔；街道青年办的服务中心，照相一摊子事，到时候就请你给他们当顾问了。

唐乐亭 成，这事就包在我身上啦！

林长芬 （拿出一顶凉帽）我在街上看到了顶凉帽。（递过去）在外头照相，太阳毒。

唐乐亭 （接）长芬……（戴上帽子）精神了吧？

林长芬 哦，年轻了十岁！

唐乐亭 真的？！（目光灼灼）

林长芬 （忽觉尴尬）我去后街看看服务中心的房子。你忙吧。

唐乐亭 好好，我去选几个好镜头。

［唐乐亭、林长芬分别下。

［林湘忆和唐亚菲从煤球店出来。唐亚菲手捧一本书。

林湘忆 看的什么书？

唐亚菲 一本参考书，随便翻翻。

林湘忆 （看）《怎样谈恋爱？》上面都说些啥？

唐亚菲 一些大道理。

林湘忆 灵不灵？

唐亚菲 谁知道哪！这码子事难哪！

林湘忆 怎么？你好像碰钉子啦？

唐亚菲 唉！男的没几个懂爱情的！

林湘忆 是么？你有体会？

唐亚菲 可不。春天，有人给我介绍一位。我俩上公园散步，他大步流星，目不斜视，把我落下二十几米。我一气坐在椅子上不走了。他回来问我："你不舒服？"我问他："你散过步吗？"他摇摇头。我又问他："你拉过练吗？"他点点头。我说："怪不得跟你遛弯儿像充军发配似的，能不得哮喘病吗？"

林湘忆 （笑）后来呢？

唐亚菲 吹啦！（笑）上个月又有一位，第二次见面就对我说："我们好像在哪儿见过面？"我说："是吗？"他忽然想起来了说："在煤球店里！那个卖煤球的姑娘跟你像极了！"我又问一声："是吗？"他神气活现地说："是的，就是没你这么白，比你……显老。"我问他是哪个煤店，他说就是这个店，又说："她好凶呀，简直跟母老虎似的！"我问："你看我像吗？"他说："她怎么跟你比？她是卖煤的'亚非拉'，你是……"没等他说完我就大声告诉他："我就是亚非拉！亚非拉！"一下子把他轰跑了！

林湘忆 （笑得前府后仰）你可真逗！

唐亚菲 算了，有啥意思？我看，爱情这档子事还不知真有、假有呢！可这书上说，有，而且像蜜一样甜，像酒那样醉人……

林湘忆 也许咱们没碰上？亚菲姐，你别急，我这几天在婚姻介绍所帮忙，有合适的我给你登记一个！

唐亚菲 怎么？难道婚姻介绍所真的是为咱"第三世界"开的？

林湘忆 啊呀，来登记的，五花八门，啥人都有，冷不丁她，还冒出个把大学老师、解放军当官的呢！

唐亚菲 算了，我还是先拍电影吧，只要上了银幕……（又陷于遐想之中）

林湘忆 可不，我发现你挺有表演才能的！

唐亚菲 你才发现？

林湘忆 哎，亚菲姐，问你个事，听六零说你去看过你妈了？

唐亚菲 嗯，她到店里来偷偷找过我。现在，一个人也挺可怜的……

［黄导演上。他一直在旁边观察，这时走过来。

［林湘忆打量黄导演一眼，见他其貌不扬，未予理会。

［里面一声吆喝："喂！买煤球！"

唐亚菲　（一惊）嚷什么嚷什么！你家死人啦！（悻悻地下）

［黄导演望着，紧跟她下。

［林湘忆靠在柜台上翻着唐亚菲那本书。

［卫牛上。背着冰棍箱。他是一个健壮端正的青年，虽然背着冰棍箱，可脸上流露着一种机智与庄重的神色。

卫　牛　（吆喝）冰棍！马头牌！

林湘忆　卖冰棍的！（递钱）来五支！

卫　牛　（取）一下子能吃这么多？

林湘忆　心里烦，败败火。——哎呀，你不是……卫牛吗？

卫　牛　（一笑）对，在下正是。想不到出了校门，在这个地方，在这种情况下见面。

林湘忆　怪不得有回碰见你妈．说你不喂牛去喂马，当马路天使了。

卫　牛　对，春节那阵子我在车站拉平板车。

林湘忆　怎么卖起冰棍来了？

卫　牛　目前，对我来说，这是最佳职业啦。

林湘忆　哦……（递冰棍）吃一支，我请客。

卫　牛　应该我请你。（退还钱）

林湘忆　我请你！（推让，硬把钱扔进箱里，把冰棍塞进卫牛嘴里）

卫　牛　咱们好像有半辈子没见了。

林湘忆　差不多。在学校那阵子我们天天在一起玩。

卫　牛　你现在干什么？

林湘忆　坐家。

卫　牛　作家？真了不起，这二年出的女作家就是多！

林湘忆　是坐家，在家坐着。升炉子，踩缝纫机，拖地板，打扫卫生……

卫　牛　哦，是这样的坐家！怎么不出来走走？

林湘忆　先是准备高考，没空，后来……没心思。你呢？高才生？就这样卖冰棍？

卫　牛　这是过渡时期。

林湘忆　那么宏大目标呢？

卫　牛　目标有一个，不过不见得宏大，想和朋友开一家信息公司。

林湘忆　好样的，有志气！

卫　牛　可是这类事还没引起社会的重视。

林湘忆　不，我看过外国一本书，说这是了不起的事。说吧，能帮什么忙？我是指我。

卫　牛　我在搜集商业情报，各式各样的，各个地方的。

林湘忆　成！我帮你查报纸。还有什么？

卫　牛　收听电视广播消息，汇总各大商店的商品销售情况。

林湘忆　有意思！你的这公司什么时候开张？

卫　牛　正在购置电脑，寻找志同道合的人。

林湘忆　能不能请教一下：我们街道正在办青年服务中心，你看经营些什么项目好？

卫　牛　今年上半年本市各大商店共出售家用电器一万二千五百多件。保修期半年到一年。那么，一年以后怎么办呢？这就是说，家用电器的修理马上就成为热门活儿。其次，是时装的剪裁、加工……

林湘忆　好极了！回去就告诉我妈！

卫　牛　你现在在这儿干什么？

林湘忆　特殊使命。

卫　牛　约会？

林湘忆　与约会有关。你怎么不到体育馆去卖？那儿人多。

卫　牛　今天是英国女队表演。观众是不会出来买冷饮的。要到散场，还有十五分钟。

林湘忆　（看表）走到那儿差不多了。我陪你去卖。

卫　牛　同情心？

林湘忆　是牛道主义！

卫　牛　你不还有特殊使命？

林湘忆　使命也会变的。走吧！

［唐六零上。

唐六零　湘忆！二妞！我到处找你！你怎么跑到这儿来了？

林湘忆　警报解除了，你也没事了！

唐六零　那你上哪去？

林湘忆　积累资本。

唐六零　什么？

林湘忆　没什么。（拉卫牛）走吧！

唐六零　喂喂！他是谁？

林湘忆　卖冰棍的！（拉卫牛下）

［唐六零奇怪地看着林湘忆、卫牛走远，忽然感觉到什么，不禁心头发酸，叹口气，拿过吉他弹起来。

唐六零　（弹唱）

“你不知道我在愁什么……”

（停住）何止愁什么？

［黄导演从里边出来。

黄导演　小同志，向你——

唐六零　（不理）现在休息，不卖煤。

黄导演　我是想打听点事，那位卖煤的姑娘叫什么名字？

唐六零　你是哪儿的？想干什么？

黄导演　我是电——

唐六零　你就是雷，也没人稀罕。（又唱）“愁什么？”

黄导演　小同志——

唐六零　烦死了，去去去，快走！我这正有气没地方撒呢！

［黄导演不可思议地摇摇头走了。

唐六零　（弹唱）“你不知道我在愁什么……”

唐亚菲　（出来）六零！看到有个人在这儿么？

唐六零　是个神经病，是吧？叫我轰走了。

唐亚菲　也许不是神经病吧？他一直盯着我看，会不会是有什么目的来的？

唐六零　谁知道呢？来路不明，不是正经家伙！

唐亚菲　他没对你说点什么？

唐六零　他说他是电。

唐亚菲　电？哎呀！会不会是电影厂的？不然他那么注意我干啥？

唐六零　就凭他那德行，会是电影厂的？说是个电工都抬举他了！

唐亚菲　这可难说，你去把他找来！

唐六零　去他的吧！我才不找呢！

唐亚菲　唉，你真是——替我看会儿门。我去找找看。往哪去了？

唐六零　（头一歪）那边。

［唐亚菲下。唐六零抱吉他进店里。

［林湘知上。后面跟着章平。他二十八、九岁，长得高高大大，浓眉阔眼，样子憨厚。此刻正处在一种懊丧情绪之中。

［林湘知垂着头，泪水在眼眶里转，她拼命噙住，快步欲下。

章　平　（跟过去）湘知！

［湘知停住。

［静场。

林湘知 还有什么？

章 平 哦……（停顿，掏出一个日记本）我想把这本日记送给你。你不是在写作吗？可以拿它当素材……

林湘知 （意外地）日记？

章 平 里面记录了在梨树沟插队时的生活，记录了我的欢乐，我的痛苦；里面有我的伙伴，有你……

林湘知 有我？

章 平 湘知，还记得吗？那时候，我爸病了，我妈疯了，我成天不说一句话。是你，给了我生活下去的勇气。后来，又是你告诉我大学招生了，帮我温课，帮我洗衣服……我重新把学业捡起来，跨进了大学的门槛……

林湘知 还谈这些……干什么？

章 平 那时候，你拒绝了我……我以为一定是我不配你。可你省下钱给我织的毛衣，我一直在穿着，真暖和。一穿上它，就想起……

林湘知 别说了！

章 平 ……这些，我都写在日记里了。这是我的青春年华，我走过来的足迹……上大学这几年，我一直处在惘然若失的痛苦之中。可我万万没有想到，你这么多年来一直在等着我……这比我的痛苦更深！要知道这样，我怎么也不会接受这个同学的感情，答应跟她……旅行……结婚。

林湘知 （背过身去，控制地）这不……很好么？

章 平 不，我对不起你！湘知，湘知……没想到会是这样，会是……这样！我真……湘知，你骂我吧！

林湘知 不，我该……骂我自己。是我太傻，太迂……

章 平 我知道，你心里在怪我、怨我、恨我，可还偏偏责怪自己。

这不公平！不公平啊！

林湘知 我为什么要怨你呢？命运就是这样安排的，阴差阳错……既然注定我们不能生活在一起，那就分手吧！

章　平 就这样……分手？

林湘知 这就是……结局。结束了。

章　平 结……束……了？

林湘知 我希望……我们永远也不见面了！

章　平 啊？

林湘知 永远……（垂下头）

章　平 湘知——就不能做个朋友，常来看看你？

林湘知 （突然抬起头，爆发地）什么？章平！你撕去了我半颗心，带走了我的初恋，还不够吗？你走吧！跟她……一起离开这里吧！离开……吧！（扭头奔下）

章　平 湘知！湘知……（捧着日记本发愣）

［唐六零冲上来。

唐六零 怎么回事？你欺负她了？

章　平 （点头）她……

唐六零 好小子，果然！（喊）湘知姐！湘知姐！

［唐亚菲上。

唐六零 （一见）姐！湘知姐哭着跑了！都是他欺负的！

唐亚菲 （上去）你就是章平？

章　平 （点头）是的。

唐亚菲 那个跟湘知姐一起插队多年的章平？

章　平 是的……

唐亚菲 现在大学毕业回来了？

章　平 是的。

唐亚菲　回来跟湘知姐结婚的？

章　平　不，不成了……

唐亚菲　你把她甩了？

章　平　啊，是，是……这样，是……

唐六零　是什么？好小子！（上去揪住他）我湘知姐哪点不如你？说！

章　平　她好，正因为她比我好……

唐亚菲　（阻止）六零！——那你为什么要把她甩了？

唐六零　莫非你是个二百五，不知道她多惦记你吗？

章　平　是的，是的。我只以为她拒绝了我之后……

唐六零　她拒绝你？

［章平垂下头去。

唐亚菲　这不可能！她上夜校，写小说，起早贪黑，就是为了跟你般配！就是为了取得这个……共同语言！

章　平　我真后悔……

唐六零　后悔？那你赶快去向她道歉！

唐亚菲　跟她和好！

唐六零　马上结婚！

章　平　不，不，这不可能了……

唐亚菲　啊？为什么？

章　平　我已经和同班的一个女同学——

唐亚菲　什么？你害得她等你多少年！你这个陈世美！

唐六零　把他扔湖里去！（上去）

章　平　（躲）哎，哎……

［林湘知回来。

林湘知　六零！（对章平）把日记……给我。你——走吧。

章　平　湘知！（交日记本）

林湘知　（对唐亚菲）你们不要这样……

唐亚菲　湘知姐，你太窝囊了！

唐六零　没那么便宜！

唐亚菲　（对章平）我要到学校告你！你要结婚就到你丈母娘那儿闹！非把你搞臭不可！还要送你上法院。

唐六零　先揍一顿！

林湘知　你们不要这样……

唐亚菲　你分配在哪个单位？把地址告诉我！那个女的叫什么名字？也告诉我！

林湘知　亚菲！

唐六零　（生气地）我找湘忆去！（跑下）

章　平　湘知，我今天才知道我失去了一个什么样的机会。你在我心中的位置太高了，所以我跳起来没够着，就没有勇气再跳。我太不了解你了！（流泪）

唐亚菲　哟！哭起来了！装得倒像！

林湘知　（对唐亚菲）别这样，亚菲！（对章平）我们终于都听到了对方的心里话……这就够了。你说，是吗？

章　平　（点头，擦泪）嗯……

林湘知　（逐渐恢复平静）那么老同学，就此……再见吧！

章　平　再见！（走几步，又回头）过几天我再去看伯母和湘忆。（下）

［静场。

唐亚菲　就这么……完了？

林湘知　一切都……晚了。（忽然伏在唐亚菲肩头失声痛哭）

唐亚菲　（慌乱地）湘知姐！别，别，别难过！有什么了不起的！我也失恋过，这有什么？每次半瓶酒下肚就烟消云散了！

对！对！你也来试一试！（跑下，不一会儿拎一瓶酒上）来！喝！

林湘知 （惊退）啊！不，不行……

唐亚菲 来呀，这是好酒！

林湘知 （推）不，不……

唐亚菲 怕什么！我陪你喝！看，（先喝了一口）哈哈！带劲！——你来！来一小口！（灌林湘知）

［林湘知喝了一口，呛住。

唐亚菲 不要紧，不要紧。怎么样？

林湘知 好，好，好厉害！

唐亚菲 这种时候，需要来点刺激！不过，为他这种人不值得！不就是一个大学生么？有什么了不起，咱将来找个更大的，找个博士！（喝一口酒，又把瓶子递过）再来一口！

林湘知 （晕眩）好……好……

唐亚菲 （上去扶）湘知姐？

［吴心上。

吴　心 她怎么啦？

唐亚菲 （打量他一眼）不要你管！

吴　心 （对林湘知）是你？

林湘知 哦，是您？

唐亚菲 怎么？你们认得？

吴　心 （点头）她怎么回事？

唐亚菲 她——

林湘知 没什么，喝汽水，拿错了瓶子……

唐亚菲 我们喝酒了，怎么样！（举瓶子）

吴　心 荒唐！（夺下瓶子）酒精只能麻痹神经。

唐亚菲 管得着吗？你算老几？

吴　心 老几？老大！我们三人当中我最大，现在也最清醒！（放下酒瓶，转身下去，不一会端来一杯酸梅汤）喝吧，酸梅汤。

［林湘知愣住。

唐亚菲 你干什么？

吴　心 中和酒精。湘知同志，我正准备去找你，看看你的稿子改得怎么样了。

唐亚菲 还改稿子呢，她碰上倒霉的事啦！你知道不知道？

林湘知 亚菲！

吴　心 （点头）说不定我能帮点忙……

唐亚菲 歇歇吧！你知道什么！

吴　心 我知道在挫折面前需要勇气而不是烧酒。

唐亚菲 说得轻巧！

吴　心 湘知同志，我希望你重新振作起来，写出一个好的结尾来。

林湘知 （茫然地）我能吗？

吴　心 你能。

林湘知 为什么？

吴　心 因为你不幸。

林湘知 唔？

吴　心 “不幸是所最好的大学。”这是俄国一个比我们都不幸的人说的。再见！（下）

唐亚菲 莫名其妙！这个书呆子说了些什么？你明白吗？

［林湘知木然地看着唐亚菲，摇摇头，又点点头。

唐亚菲 我送你回家吧。

林湘知 你在上班，我自己能走。（下）

［唐亚菲听到有人喊“买煤”，一瞪眼，气哼哼下。

［卫牛上，又回头等林湘忆。林湘忆说着“good—bye”上。

卫　牛　那两个外国人问什么？

林湘忆　问我卖不卖可口可乐。我告诉他冷饮部有的是。

卫　牛　没想到你英语讲得这么流利。

林湘忆　在你看来，我这号待业女“坐家”就一无所长了？

卫　牛　得了，一个马路天使怎敢瞧不起牛道主义者？

［卫牛、林湘忆二人大笑起来。

［林长芬上。

林长芬　湘忆，你姐呢？

林湘忆　啊？这……不是在里边吗？

林长芬　没有哇！

林湘忆　准是谈得起劲，划船去了。

卫　牛　湖心洲上还新开设了登月火箭游艺。

林长芬　唔……湘知这些年来没痛痛快快地玩过。要是真那样……就好了。

［唐乐亭手里拿着一本相册，高兴地喊着，上。

唐乐亭　长芬！长芬！找到了！找到了！

林长芬　什么？

唐乐亭　相册，相册……从“抄家物品认领会”上找到的。刘师傅给我透的信……我赶了去，果然……嘿嘿嘿嘿……（翻看）瞧，一张没少，你们这张也在！

林长芬　（情不自禁地看）哦？（不觉伤感）

林湘忆　谁的照片？

唐乐亭　你看呢？二妞儿，像谁？

［林湘忆端详。

唐乐亭　这是我最下功夫拍的一张照片……那时候，你妈、你爸多年轻……

林湘忆 （忽然地）哎呀！这个人我刚见过！

林长芬 （大惊）什么？你见过？刚才？

唐乐亭 （惊愕）见谁了？在哪儿？

林湘忆 刚才，在大街上！拎着旅行包，来买冰棍……掏出两块钱，拿了冰棍就走，我喊他回来找钱……卫牛，是这个人么？

卫　牛 （端详）嗯，像！

林长芬 真的？你没看错人？

唐乐亭 （困惑）这是——真的？没错？

林湘忆 没错，他盯着我看了一会，眼神有点奇怪，对了，那旅行包上还印着“青海”两个字！

林长芬 （更惊）哦？什么样？

林湘忆 高个子，络腮胡，笑眯眯的，眼睛跟这照片上像极了！只是人老多了！

林长芬 （恍若梦中）这会是……真的？

唐乐亭 怎么不会？……会，会……

林湘忆 妈，没错，是我爸！卫牛，快跟我去找，快！（拖着卫牛跑下）

林长芬 （亢奋地）乐亭！是修竹，是他……回来了……（落泪）

唐乐亭 啊，好，好啊，我说过吧……快去找，去找……我们分头去找……

林长芬 好，我去街道办事处问问！（下）

[唐乐亭不觉掏出那封收信人死亡的退信，又颤抖着放回衣袋，心情复杂地望着远去的林长芬……

——幕徐落

第三幕

[林、唐两家在期待中过了两天。又是一个傍晚。

[唐家。唐六零在窗前埋头调试他自己装的黑白电视机。

[青年甲、乙、丙在窗外叫他。

青年甲 六零！二精灵！出来！

青年乙 三缺一！快！

青年丙 不在家？

青年甲 一齐喊。预备——喊！

[青年甲、乙、丙齐喊：“唐六零！二精灵！快出来！来打牌！”

青年甲 再来一遍，唐——

[唐六零向外望。

青年乙 二精灵！出来！

青年甲 出来，出来！

唐六零 现在不成啊，铁哥儿们！

青年甲 你今儿怎么啦？

唐六零 这——上吐下泻，天旋地转。（装着要栽跟头样子）

青年甲 别！别！别栽倒了！

青年丙 我们进来瞧瞧你！

唐六零 别来！别来！接触传染！

青年甲 别理他！他是装的！中午我还看他在摆弄电子管呢！

青年乙 喂！是想抢服务中心经理的宝座吧？偷着在家里练手艺呢？

唐六零 嘻！你们想哪儿去了！我是在弄电子管，可不是为了——啊，我是为了——啊，不……

青年丙 瞧你吞吞吐吐的！我能猜到，你跟哪家小妞儿在谈恋爱了吧？

青年甲 对对对！此话有理！六零是个怕媳妇的货！

唐六零 你们——你们在说些什么！我发誓——没有！

青年乙 那你干吗不肯出来玩？

唐六零 不行，今儿真的不行，我有事，对不住哥儿们了！你们另找个主吧！（敬了个礼，关上窗户）

［青年甲、乙、丙失望地吹口哨下。

［唐六零得意地一笑，端详自己刚装好还没配外壳的电视机，抱起来准备送出门去，又放下。照照镜子，理理头发，又穿了一件干净衬衫，对着镜子左照右照。然后，脱下牛仔裤，找裤子换，没找到，进里屋。

［林湘忆和卫牛上。

林湘忆 走呀，怎么不走了？

卫　牛 这不是到你家了吗？

林湘忆 是呀！怎么？不能来？

卫　牛 这——

林湘忆 是嫌背冰棍箱不好看？那让我来背！

卫　牛 不不，快到商品信息时间了。我得到一个朋友家收看电视！

林湘忆 哦哦，那快去吧，我耽误了你的时间了，对不起。

卫　牛 不，应该谢谢你，帮我卖了好大一会儿冰棍。再见！

林湘忆 再见！别忘了，你们公司的信息情报编出来给我们一份！

卫　牛 欢迎采用。再见！（欲下）

林湘忆 哎哎！（见卫牛停住）哦，你走吧！（见卫牛走）等等！

卫　牛 （上来）什么事？

林湘忆 算了，没什么，你走吧！

卫　牛 到底什么事？说嘛！（见林湘忆不语）我不喜欢扭扭捏捏的。

林湘忆 好吧。我本来不想说的。我是不是该向你道喜了？

卫　牛 （傻了）向我道喜？喜从何来？

林湘忆 你还记得我告诉过你，我最近在婚姻介绍所帮忙的事？

卫　牛 记得，怎么？

林湘忆 我在登记表里看到了你的名字和照片！

卫　牛 真的？没有的事！

林湘忆 没有的事？起先我也认为是同名同姓，再一看照片，没错，是你！马上就有人给你配对子了，这还不该恭喜你们吗？

卫　牛 （脸红）这……这……这……准是我妈！嗐！真没法子！她真的……唉！

林湘忆 叹什么气？你自己就不想……找一位？

卫　牛 我？不，目前，我心里装的是另外一件事。

林湘忆 你的皮包公司？

卫　牛 人生短暂，总得对社会贡献点什么吧？我们这一茬人，在“文化大革命”兵荒马乱的年月荒废了青春，被耽搁在高

校大门外。回头一看，两手空空，唯有自己奋斗，没有别的路可走

林湘忆 （感触地）对对，你想的对……不过，这并不妨碍……

卫　牛 不，我的情况你全知道，母亲年纪大，又有病，我自己，目前以卖冰棍为生，可以说是一无所有。

林湘忆 这一点我不同意。董永上无片瓦还娶了七仙女呢？

卫　牛 那是神话。湘忆同学，帮帮忙，替我把号销了吧！

林湘忆 这可不行，介绍所有规矩。

卫　牛 那，那怎么办？反正我不会去见任何人的！

林湘忆 这可说不定，也许有人选中你这马路天使呢？

卫　牛 这怎么可能？好吧！放在那儿，安慰安慰我妈也好！

林湘忆 对，登记了，就得听从安排。这事交给我了，一定负责到底！

卫　牛 你？

林湘忆 嗯？别忘了，我是那儿的工作人员！

卫　牛 你是说……

林湘忆 到收看电视时间了，快走吧！（推卫牛下）

［唐六零换了一条直筒裤出来，又照镜子，然后向窗外瞅，发现林湘忆。

唐六零 湘忆？二妞儿！（抱电视机出来）

林湘忆 二精灵？这是什么？

唐六零 给！

林湘忆 电视机？

唐六零 不含糊吧？

林湘忆 说装还真装了一个。

唐六零 咱可不像那个把你姐泡了的章平！说一不二，就差个外壳，赶明儿配上一个，不跟买的一样？

林湘忆 多少钱？

唐六零 还不到八十块。

林湘忆 我让我妈给你八十块钱。

唐六零 干吗寒碜人哪！我说走了嘴，绝不是要向你收钱！

林湘忆 好，我正需要，那就算借给我用。

唐六零 什么借不借的！二妞儿，这就算个……见面礼吧！

林湘忆 哟，天天见面，哪来的见面礼？你怎么了，二精灵？

唐六零 别叫我二精灵好不好？我早就不是小孩子了。

林湘忆 嗯，是有点男子气概啦！

唐六零 敢情！你烦我打扑克，我一咬牙，从今往后再也不打了！还有……

林湘忆 什么呀！

唐六零 真的！有了——爱情！

林湘忆 （一愣，继而大笑）哈哈哈哈……哈哈……

唐六零 （痛苦地）你还笑，笑！我说过，我已经是大人了！

林湘忆 知道。六零年生的，比我只小两岁！

唐六零 那你怎么还——

林湘忆 六零，谢谢你，可是如果是这样，电视机我不借了。（还回去）

唐六零 （慌了）不不……你……我……说走了嘴！你收下，收下吧！我这臭嘴，欠揍！二妞儿，你骂我吧，怎么都行，只是不要这样寒碜我……（嚎啕大哭起来）

林湘忆 （不知如何是好）六零，六零，你怎么啦，你别哭呀，你听我说，你不是大男子汉吗？哭成这样多难看！电视机我借下了，谢谢你不行吗？

唐六零 （止住哭）好，好。你不生我的气吧？

林湘忆 凭什么生气呀？

唐六零 我刚才说走了嘴……

林湘忆 以后不说就是了。

唐六零 是，是，你快抱回去吧。我走了。（进屋）

［林湘忆抱着电视机，想了一会，顺着卫牛走的方向下。

［屋里。唐六零拿着吉他弹几下，心神不安。

［唐亚菲上。

唐亚菲 快，收拾一下，一会儿导演要来找我谈话！

唐六零 导演？

唐亚菲 对，就是你说人家是电工的那个小老头！

唐六零 真的是电影厂的？

唐亚菲 电视台的，跟拍电影一个样。

唐六零 让你演丫鬟还是小姐？

唐亚菲 什么呀，演一个角色，你不懂，我得把所有衣服都找出来，待会儿让导演看看穿哪身最上镜头！（找出一大堆衣服，一件件比试）

［黄导演上。

黄导演 唐亚菲同志是住这儿吗？

唐亚菲 哎呀，来了，来了！（开门）黄导！是在这儿！（转身对唐六零）你到里屋去！（迎出门）黄导请进！

［唐六零下。黄导演进屋。

唐亚菲 黄导，坐！家里太乱！

黄导演 谢谢！不要紧，唐亚菲同志！你对这个角色有兴趣吗？

唐亚菲 角色嘛，用你们的行话来说，角色无大小，就怕……嘻嘻，我演不好。

黄导演 去年在文化宫看过你一次演出，最近又到你们煤店观察过几次，你演这个角色挺合适。

唐亚菲 这，这……我穿什么样衣服？

黄导演 哦，平时穿什么还穿什么，我们是实景拍摄，就用你这条胡同作外景。在这个片子里，你演一个上班走神，服务态度不好的姑娘。所以，这个，嗯，你不必专门化妆……越生活越好。

唐亚菲 这么说，叫我演一个反派角色？恐怕不适合吧？

黄导演 不，这是一个转变人物，你能演得好，我就是冲着你那一声喊决定用你的。

唐亚菲 我哪一声喊？

黄导演 （学）"嚷什么嚷什么，你家死人啦！"

唐亚菲 （一听，大窘）这……

黄导演 这个角色，你挺对路子，别看戏不多，挺重要。

唐亚菲 （脸红）嗯，这……我……好吧，我可以模仿一下……态度不好的营业员。

黄导演 那我们就这样说定了。这是剧本，你看看，后天上午九点，我们进行一次试拍，行么？

唐亚菲 嗯，行，就是……

黄导演 你还有什么要求？

唐亚菲 就是能不能再让我演一个……正面一点的角色？

黄导演 哦，后半部，这个女服务员谈恋爱的戏不是挺正面的吗？对了，我们紧接着还要拍一部片子，也是反映营业员生活的，相信你也会同样演得很生活，很出色的。

唐亚菲 （感慨地）那好。我一定努力！不能老当反派呀！

黄导演 （笑）你这姑娘真逗！好。再见！（下）

唐亚菲 （送）再见！（回来）

唐六零 （出来）姐！想不到你还真有两把牙刷子哪！

唐亚菲 这有什么！

唐六零 哎，大明星，可别只能演反派啊！那样，我跟咱爸都没面子！（下）

唐亚菲 哼，你瞧着吧，明天起，我就是个真正的优秀营业员的样子！（抖着连衣裙）唉！用不上了！六零，我的化妆盒呢？（下）

[林家。

[林湘知从里屋出来，拿起那条花裙子，端详，慢慢把它叠好，准备收藏起来。

[吴心上。敲门。

林湘知 （开门，一惊）是您？

吴　心 林湘知同志！你好！

林湘知 您……坐。请原谅我那天的失态，我们谈稿子吧！

吴　心 稿子改天谈不要紧。那天在湖滨公园有几句话说重了，有点不放心，来看看。

林湘知 谢谢你，我现在好多了。

吴　心 这就好。我发现你内向的性格中蕴含着倔强和自尊，相信你一定会成为生活中的强者。

林湘知 谢谢你的鼓励……

吴　心 不是鼓励，而是要求。

林湘知 你这是……

吴　心 有点下命令的味道，是不是？我真希望能命令你！

林湘知 为什么？

吴　心 因为你——值得！

林湘知 （震惊）你……把自己看成……什么人了？

吴　心 一个编辑。关心作者是我的责任。十年前，也有一位青年作家，他丰富的想象，使妻子在他头脑里变成了人间仙女。可在实际生活中，他失望了，清醒了，那仙女一下子成为不值一顾的小市民，离他而去。他失去了生活的勇气……是一位严厉长者的教诲使他忘记不幸，潜心创作。终于从沉沦中站起来，走上了文学道路。

林湘知 你讲的是……自己？

吴　心 请接受一个过来人的教训。

林湘知 我……努力去做。可是……那个梦太美了。我丢不下它。即使再有一个比他还好的人……

吴　心 哦，我懂了……不过，无论如何，你要坚强起来，振奋起来。湘知同志，眼睛生来不是为流泪，而是为了寻求。再见！（下）

［林湘知送走吴心，拿起稿子走进房里。

［门外。唐乐亭陪林长芬走来。

唐乐亭 ……明天，我再到几个旅馆去看看。

林长芬 谢谢你，她叔，不用了，准是二妞看错人了。

唐乐亭 也许真是修竹呢？世上的事情有时就是巧。

林长芬 他要回来，该到家了。看来，不可能了……

唐乐亭 别！快别这样说！他会回来的，你们会……团圆的。

林长芬 我盼了二十三年，也许是一场空。你不会笑话我太痴吧？

唐乐亭 这怎么会呢？只是修竹走后，我也多灾多难，对你们母女关照不够。

林长芬 不，除了修竹，你就是我最知心的人了……

唐乐亭 我知道，他在你心里的位置是永远不会变的。

林长芬 谢谢你，乐亭，别说了……

唐乐亭 长芬！哦，我送你回家去。今天好好休息休息。你要……

放宽心啊！

林长芬 嗯。我自己走。（下）

［唐乐亭望着林长芬进家，忽然想起了什么，忙回家。

唐乐亭 六零！亚菲！

［唐亚菲出来。

唐亚菲 爸，告诉你一个好消息：导演来过了，我要拍电视了！

唐乐亭 唔。快，叫六零杀鸡。

唐亚菲 （一愣）什么？

唐乐亭 今儿是林婶儿生日，咱们得……（示意唐亚菲．同下）

［林家。

［林长芬回到屋子里，在靠墙的一把椅子上坐下。有顷，起身走到文竹前，默默伫立。

［林湘知出来。

林长芬 湘知，你在屋里？

林湘知 嗯。（停顿）妈，您又在跟它……谈心？

林长芬 谁？

林湘知 文竹。

林长芬 是的……每天，不管是快乐还是忧愁，跟它交谈，心里就轻松多了……

林湘知 （痛苦地）妈！您真……苦哇！

林长芬 （搂住女儿）不，孩子，你知道为什么给你取名湘知吗？你爸爸说：我们今天生活在一起，生儿育女；也许有一天，分开了，离得很远很远……只要一想起人世间还有个相知的人，这心里就会觉得温暖。

林湘知 这也是一种幸福，是吗？妈，您是不是因为这个才一直……

林长芬 （一怔）嗯？什么？

林湘知 唐叔他对您……

林长芬 （默然）……正是他这种情意支撑我活下去，让我一年又一年地等下去，一直等了二十三年。如果说我心里还有温暖、希望的话，也是因为有他在我身边……

林湘知 妈，那你们为什么不——

林长芬 （打断）湘知，别问，别，别问这个……

林湘知 （痛苦地）妈妈！（不禁落泪）

林长芬 湘知，你是不是觉得妈这样太……迂了？

林湘知 不，我羡慕你，羡慕您心里有一种永恒的……爱。

林长芬 什么？羡慕我？孩子，是不是我影响了你？在你刚懂事的时候，你就背上了沉重的思想包袱。你长到现在，妈都没为你买一瓶雪花膏，添一件新衣服……

林湘知 不，妈！您为了我们，整天糊纸盒子，十个指头磨掉了一层层的皮……

林长芬 我对你太不够关心了，我一直以为你跟章平已经……

林湘知 （哭出）妈，我已经失去了，失去了很多，很多……

林长芬 湘知……人都说我跟你不像母女，像是姐妹。孩子，你不该受我的影响，我决不要你成为我的影子！

林湘知 妈！

林长芬 失去的，还可以找到。你还年轻，你应该得到，也会得到，你要有信心，要坚强些。

林湘知 是的，是的，我这几天好像一下子明白了许多事。

林长芬 ——刚才是谁来过？那个编辑？

林湘知 嗯，来谈稿子。

林长芬 这人……怎么样？

林湘知 （停顿）是个很好的人。

林长芬 湘知，忘掉那个章平吧！

林湘知 （沉重地点点头，垂下眼帘，转过脸去）……

林长芬 （拿起新裙子）干吗把它收起来？穿上吧！二妞儿手艺有长进！

林湘知 她灵着哪……

林长芬 她人呢？

林湘知 说是再去找找爸爸……

林长芬 不要再找了。不会是他。

林湘知 （安然地）也许是呢？

林长芬 不，不会。如果是他，今天无论如何也要到家里来的。

林湘知 今天？

林长芬 因为今天，是——

林湘知 （紧接）是妈妈的生日！我和二妞昨天就商量好了，今天给您祝寿！

林长芬 你们不要为我……忙。

林湘知 不，一定要庆贺！菜都切好了，我这就来炒！

林长芬 我来，我来。

林湘知 不，今天您不准动手。来，前天我给您买了件衣裳，您试试。（拉母亲进里屋）

［林湘忆上，拿着两瓶啤酒。

林湘忆 姐！啤酒来了！

［林湘知上。

林湘忆 妈呢？

林湘知 在里屋试新衣服哪！

林湘忆 是吗？那我得瞧瞧！（进里屋）

［窗外，月亮升到了树梢，那么皎洁，那么明亮……

［少顷，章平缓缓上。

林湘知 （发现窗外人影，惊）谁？

［章平过来。

林湘知 你？——

章　平 我……

林湘知 怎么……又来了？

章　平 我也……不知道。

林湘知 什么？不知道？

章　平 （顿了一下，长长地吁了一口气）是的……心里发闷，出来走走，不知不觉就……

林湘知 不是说，不再见面了吗？

章　平 是的，是的……走着走着，我看到了月光，那么洁白，那么柔和……好像又回到梨树沟，在雪地里拣冻梨……那冻梨黑乎乎的，可在凉水里一拔，渗出一层冰来，凉凉的、甜甜的、爽爽的，还真好吃……

林湘知 这儿不是梨树沟……地上也没有冻梨……

章　平 （只顾自个儿说着）我运气不好，总拣不着大的，就去抢你的……

林湘知 这一切早都过去了，永远地过去了……该把它永远地……忘掉了！

章　平 忘掉？怎么可能？好像就在昨天，在眼前……

林湘知 章平，我们都别做梦了。你马上就要——你走吧！像个男子汉那样！

章　平 是啊，我真后悔当时为什么不敢像男子汉那样……亲你。

林湘知 （颤抖）啊！

章　平 那天拣冻梨，忘了时间，月亮升得高高的。忽然听到了狼嗥，你吓得蹦起来，扑在我怀里……我一动都不敢动，连呼吸都停止了。当时，我真想亲亲你，可是……

林湘知 （震惊，久久注视他，叹息地）天哪！那你怎么……

章　平 不，并不是胆小。我把你看得比梨花还要洁白，生怕……亵渎了你，

林湘知 ……是么？为什么直到今天才……

章　平 不，我说过。在第二个春天……你还记得那个春夜么？

林湘知 （忘情地）……也有一个好月亮。梨花给月光洗得像一团团洁白的雪，一片片发亮的云……你在梨花和月光前对我说……

章　平 可你……拒绝了我。

林湘知 ……我只有拒绝你。因为我看到月光下有那么多的阴影。我自己就在阴影之中，没有力量走出来，怎么能再……（沉默，陷入痛苦的沉思）

章　平 ……听说你小说的名字就叫《梨树下的月光》？你把这些都写进去了吗？

林湘知 （惊醒）没有！什么也没写！我都忘了！统统忘了！你也——忘了吧！那只是一个梦。那一切，根本都没发生过！什么都没发生过！你就当世界上……没有我这个人……存在！（转身进屋，砰地关上门）

［章平呆立许久。见窗里灯灭，才缓缓下。

［这时，唐家正忙乎。唐乐亭炒菜。唐六零打下手。唐亚菲在照镜子。

唐乐亭 酱油！（伸手）

唐六零 （递）给！

唐乐亭 糖！（伸手）

唐六零 来了！（递）

唐乐亭 味精！（伸手）

唐六零 是！（递）

唐乐亭 找个大碟子！

唐六零 （找）大碟子。

唐乐亭 把酒杯拿出来！

唐六零 （对唐亚菲）拿酒杯！

唐乐亭 拿七只！

唐六零 七只！——爸，干吗要七只？

唐乐亭 少废话，七只！

唐六零 （对唐亚菲）快点，七只！……

［唐亚菲慢慢吞吞，离开镜子……

［林家。

［林湘知姐妹俩已经出来。林湘知在炒菜，林湘忆端着盘子匆匆来往。

林湘忆 快！要焦了！

林湘知 不会。

林湘忆 多加点糖！

林湘知 好。

林湘忆 我尝一口，——哎呀，真鲜！——妈！妈来尝尝。

［林长芬出来，换了一件新衣服。

林长芬 怎么样？

林湘知 好。真好！

林湘忆 少说年轻了五岁！

林长芬 这丫头！

林湘知 湘忆，摆桌子。

［林湘忆和林长芬把桌子抬出来。

［林湘知解下围裙，擦汗。

［唐家。

唐乐亭 都端上。跟我来！

［唐乐亭、唐亚菲、唐六零端着盘盏进林家。

［林家。

唐亚菲 （大声地）给林婶庆寿来啦！

林长芬 你们……

唐乐亭 他林婶，今儿是你整寿。我们爷仨未经许可也来凑个热闹！

林长芬 （感动地）她唐叔……你真细心，还记着我的生日。

［唐乐亭拿眼睛示意唐六零与唐亚菲。

唐六零 （站到唐亚菲身旁，鞠了一大躬）给林婶拜寿啦！

唐亚菲 （同时浅浅一弯腰）给林婶拜寿。

林长芬 （不禁涌出泪来，连忙地）这是干什么，这是干什么。快坐，快坐，快坐。

［林湘忆扑哧笑出声。

唐乐亭 （举起酒杯）这么多年，咱这两个半拉子家还真是头一回聚在一起吃顿喜庆饭。来！（一饮而尽）

林长芬 （对唐六零、唐亚菲）吃、吃！

林湘忆 二精灵，客气什么！咱们不像一家人似的？

唐六零 （吃）嗯，是，是！

林湘知 我老忘不了小时候跌破头，唐叔背着我直往医院跑！

唐乐亭 谁叫你又哭又喊的？大叔心疼！

唐六零 你们不知道啊，我爸有一条最低指示：咱们两家要有难同当，有福同享！还，还……

唐亚菲 还扯着耳朵连着腮！

［众人大笑。

唐乐亭 这俩孩子，尽说傻话。

林长芬 吃，吃呀！

唐六零 告诉你们，我爸还有一条最高纲领！

林湘忆 什么最高纲领？

唐乐亭 不准胡说！

唐六零 是一个设想：将来呀，咱们两家合一家！

唐乐亭 （惊恐地看林长芬）不听孩子的！

唐六零 我说的是真的嘛！

唐乐亭 尽说傻话！你文伯伯已经回来了，二妞儿都在街上见了，说不定正往家走呢……嘿嘿……长芬，来，为他干一杯！（端起酒杯．另一手端起那只无人饮的杯子）

林长芬 （喝）谢谢。你的心，我领了……

［大家沉默着吃菜。

林湘忆 （感慨地）嗐，要是爸爸这时候忽然回来，有多好！

唐亚菲 对，就像戏里常有的那样，忽然出现……

唐六零 奇迹！

［众人沉默。

［突然门锁响！众人惊呆。

［林湘忆扑过去打开门问答。众人望着，不一会湘忆过来。

唐乐亭 谁？

林湘忆 （失望地）一个醉鬼，摸错了门，魔魔怔怔的。

［众人黯然。

唐乐亭 （岔开）吃，吃……喝！……

［众人吃饭。

［外边。一个小个子男子，手拿着一个小包，按手中的纸条，

寻路而来，他走到门边，核对门牌，向屋里探望，

林长芬 （敏感地）谁？（连忙出来）谁？

小个子 （轻声地）你是林长芬同志？

林长芬 你是谁啊？

小个子 我是文修竹的朋友……来送他的平反证书。

林长芬 （惊恐地）他人呢？在哪儿？

小个子 他，他没了……

林长芬 什么？

小个子 这是他托我交给你的，一包信，一把钥匙……（递过）

林长芬 （惊呆，不敢接）是在什么地方？什么时候？

小个子 我们的劳改农场……四年前……平反那天，他高兴极了，说是可以回家跟你和孩子们团聚了……平时，他总是闷头干活，一天不说一句话。那天，他特兴奋，捧起酒坛子咕嘟咕嘟多喝了几口，就，就……我夺都夺不过来呀！他要我尽快找到你们……可我直到现在才……

林长芬 （接住东西）他——死了？……

小个子 他没能等到今天……没能见到你和孩子们……

［林长芬呆立。小个子悄然退下。屋里人听得声音，出来。

唐乐亭 是谁？

林湘知 妈？谁？

林长芬 一个远方客人……

林湘忆 他说什么？

唐乐亭 他怎么说？

林长芬 什么也没有……

林湘忆 到底怎么回事？我好像听到你跟什么人说话……

林长芬 没，没有，是雷声……

［人们抬头看，皓月当空，月光一下子都集中到林长芬身上。一束追光下，林长芬如雕塑一动不动……追光收成面部特写光——两滴眼泪凝在她的眼角，却没有滴落……

——幕落

第四幕

［又过了几天，一个星期日的早晨。林、唐两家都在忙——设在附近的那家“幸福综合服务中心”就要开张了。

［唐六零和青年甲、乙、丙在树下整理一条横幅。

唐六零 （叫着）往左，往左，过了！再往右！真要命！“幸福”这两个字又太靠近了！（站梯子上打手势）

青年甲 喂，到底怎么着才是？

青年乙 听他的吧，他这两天心里有火……

唐六零 （眼一瞪）什么？谁说的！

青年乙 别急呀，是新官上任的火！——（拉横幅）这样行了吧？

唐六零 好！（看上面字）就这样，赶快挂出去！再检查一遍扩音设备。九点开门，八点半音乐要响！

青年乙 是，经理阁下！

［青年甲、乙应声下。林长芬上。

唐六零 林婶，参观过我们的门面了吧？请提意见！

林长芬 有点意思。你这新官上任头三脚踢得挺响，真有点经理派头！

唐六零 敢情！林婶，这两天湘忆好像挺忙，家都不挨，都上哪儿去了？

林长芬 她不是分工跑外勤吗？大概拉生意去了。

唐六零 哦。

［扩音器突然音乐大作，林长芬吃惊。

唐六零 （对远处叫）小点声！小点声！还没到时候呐！（音乐声变小）听湘忆说您打算给我们请一位情报顾问？

林长芬 是啊，信息不灵通可不行，这还是湘忆的主意。

唐六零 哦，还是二妞想得周到。

林长芬 我去看看区里的领导来了没有。（下）

［卫牛上，四下打量。

卫　牛 （看到唐六零）请问，林湘忆同志在吗？

唐六零 （打量他）她正在忙着呐！

卫　牛 她在哪儿？

唐六零 你找她干吗？

卫　牛 有点事情。

唐六零 公事？私事？

卫　牛 你这人怎么管得这么宽？

唐六零 我是林湘忆的头儿，经理！找她得通过我。

卫　牛 如果是私事呢？

唐六零 唔，私事？……哦——你就是那个卖冰棍儿的吧！

卫　牛 是卖冰棍儿的又怎么样？

唐六零 好小子！我正要找你，你倒是送上门儿来了，我问你，你跟湘忆是什么关系？

卫　牛 这没必要告诉你。

唐六零 我问你，你是不是个男子汉？

卫　牛 那好吧，我们就像男子汉那样谈谈吧！我跟她是老同学，如今是志同道合的好朋友。

唐六零 呸！你也谈得上跟她志同道合！你知道吗？我们已经是三十多年的老交情了！

卫　牛 （笑起来）请问你今年多大了？已经有了三十多年的交情？

唐六零 你少钻空子！我是说我们唐、林两家。告诉你，不管你承认不承认，湘忆归我！

卫　牛 归你？

唐六零 不归我，你也得让给我！

卫　牛 哈哈哈……我的朋友，世界上所有的东西都可以转让，只有这感情是不能转让的。看来你虽然有了男子汉的样子，却没有男子汉的胸怀！

唐六零 （跳起来）你再胡说！我剋你！

卫　牛 （迎上去）你敢！

［林湘忆上。

林湘忆 六零！

［唐六零突然愣住了。

林湘忆 这是干吗？练鹤翔桩发功啦？哦！介绍一下吧，他叫卫牛，是我请来的顾问。咱们好几个项目都是他提供的信息。

［唐六零一惊。

林湘忆 （介绍）这是我们服务中心的经理唐六零。喂！干吗这么别扭。你们还要在一块共事呢！握握手吧！

［卫牛先伸出手，唐六零迟疑地伸出手来，与卫牛握了一下，走到一边。

林湘忆 六零，别走。

唐六零 我要检查工作去。再见！

［唐六零下，临走还回头看了他们一眼。

林湘忆 （停顿）怎么？接火了？

卫　牛 刚才，我们……你不生气吧？

［林湘忆咯咯地笑起来。

卫　牛 你？

林湘忆 很精彩，也很动人。

卫　牛 什么？

林湘忆 你们都是好人。

卫　牛 可是好人不一定都可爱。那个小经理，倒是实心实意地喜欢你。

林湘忆 这是什么意思？

卫　牛 没什么意思啊！当然，你应该知道，我毕竟是个卖冰棍的。

林湘忆 这是目前。

卫　牛 以后．我的皮包公司可能成功，也可能失败，背一身债，弄不好还要吃官司。

林湘忆 那又有什么！有的人很富有，可思想上却一贫如洗；有的人很贫穷，可精神上是个百万富翁！我希望你能成功；如果失败了，也没什么，我要为你做一块……铺路的石子儿。

卫　牛 （激动不已）湘忆……（不觉出泪）

林湘忆 哎哎！今天开市大吉，只准笑，不准哭！

卫　牛 （激动地）这不是哭。是一种——信息！（欲上前拉湘忆的手）

林湘忆 （躲）喂喂！你也不看看这是什么地方，我的顾问同志！

来宾在店堂集合，有茶水供应。走吧！（引卫牛下）

［唐六零提一个水瓶上，眼看林湘忆、卫牛同去，垂下头。青年甲、乙拿着吉他上。

青年甲 六零，开张演说时的伴奏是不是还得练习一下？

唐六零 （接吉他，愣愣地看着，少顷，长叹一声）人生，现在我才尝到了一点儿人生的滋味……

青年乙 二精灵，今儿怎么啦？你这是哪对哪？

青年丙 什么滋味啊？

唐六零 （感叹）“仅有爱情是不够的”……走，唱一段！（弹起吉他，唱）

莫愁，莫愁，劝君莫忧愁……

［青年甲、乙、丙合唱：

“莫愁，莫愁，劝君莫忧愁……”

［唐六零、青年甲、乙、丙正要离开，突然照明灯大亮，跑来一个身穿工作服的姑娘，原来是唐亚菲，后面追过来一个西装笔挺的男演员。

［唐六零吃惊。

唐六零 姐！（愣了一下，旋即捏紧拳头冲着那小伙子）

唐亚菲 快走！这儿没你的事！

［唐六零更惊了。

唐亚菲 （对男演员表演）你别说了！（踹唐六零一脚）走开！

［唐六零这才明白过来，伸伸舌头，与青年甲、乙、丙一同退下。

男演员 请你听我说！你为什么老躲着我呢？

唐亚菲 我前天对你说了谎，我根本不是一个干部女儿，也没有高贵的职业，我是胡同里一个卖煤球的！

男演员 这又有什么呢？其实前天你说的那些，我根本没记住，我只知道你是一个好姑娘，你有一颗善良的心。你幻想幸福，希望得到纯真的爱情。我等待的就是你这样的人！

唐亚菲 可是跟你相比……

男演员 我有什么？

唐亚菲 听说你爸爸是教授……

男演员 这又有什么？是我爱上了你，而不是他们！现在既不是“王子”年代，也不是“红五类”时期，是人和人相爱，而不是身份和地位联姻！

［唐乐亭上。

唐亚菲 可我还是怕你瞧不起我！

男演员 勇敢点，姑娘，丢掉旧的观念，扫除身上的历史沉淀物，让思想冲出狭窄的胡同。看，前面是广场，是大街，是新诞生的公司！一切都在变化．你还怕什么？

唐亚菲 我还怕，怕我爸爸不同意，他一心要我嫁一个落实政策的资本家的儿子……

唐乐亭 （突然跳上去举拳）你胡说什么！我什么时候叫你——

唐亚菲 啊？爸爸！这——

男演员 （惊住）这……

唐亚菲 这是我爸爸。

男演员 （笑）哦……

唐乐亭 混账！我没有你这样的混账女儿，前天，我刚夸你开窍了——

唐亚菲 爸爸！我们这是——

男演员 这么说您是唐大伯？我叫王宁，我们在——

［黄导演上。

黄导演 很好，这一段很好！——（打量唐乐亭）

唐乐亭 （打量导演）什么？还很好？

唐亚菲 爸爸，别瞎扯，这是排戏。

［林长芬咯咯笑着上。

林长芬 乐亭，别打岔，人家黄导演给亚菲他们排戏，等会儿要在服务中心门口实景拍电视呢。

唐乐亭 哦——（拍拍脑门子）对不起，对不起，这是哪儿对哪儿啊？哈哈哈……

黄导演 （对唐亚菲）你爸爸这一段多自然，一点儿都不做作，本色得很，戏不应该是演出来的，要像生活一样流出来。

唐亚菲 （点头）是的，我爸就希望我做个本色的人。

黄导演 好，我觉得你已经懂得了，我们就开始拍摄！

［黄导演率演员及工作人员下。

［唐乐亭、林长芬高兴地望着他们远去。

林长芬 一个个都长大了，成年了……亚菲终于拍上了电视，这孩子！六零小经理也当得挺像样！

唐乐亭 ……他们这一代人失去的也不少，寻求起来也真不易。

林长芬 他们有梦的日子正开始。而我们恐怕要变得越来越孤单……

唐乐亭 是啊，会很孤单的。退休以后，我就会变成一个不讨人欢喜的老头子了。

林长芬 我是不是会变成一个啰里啰唆的老奶奶？

［林长芬、唐乐亭的目光相遇，又分开……

唐乐亭 到那时候，靠什么打发日子？

林长芬 靠回忆。我想，回忆中的一切，都会是很美的。

唐乐亭 除此以外，就没有别的了？

林长芬 别的？

唐乐亭 长芬，我们都苦苦地等了一辈子，寻求了一辈子，难道就不应该有新的生活，我们自己的新生活？

林长芬 乐亭……

唐乐亭 我们为什么要这么苦自己？为什么？

林长芬 乐亭，你别问了，我说不清，你容我想一想，想一想……（坐下）

［幕后声："老唐！唐乐亭，有人找你！"

唐乐亭 这会是谁呢？我去去就来。（下）

林长芬 （望着他远去．忽然发现什么。一惊）啊！（呆立）

［林湘知上。

林湘知 妈！妈？

林长芬 啊？哦……湘知！

林湘知 好像有个女人找唐叔，不知是谁？

林长芬 （忙摇头）……不知道！（匆匆进屋）

林湘知 妈？（伫立）

［林湘忆上。

林湘忆 姐，姐！

林湘知 哦，今天公司开张，你怎么不在那儿？

林湘忆 我管外事——待会儿吴编辑要来。

林湘知 你怎么知道？

林湘忆 我通知的。

林湘知 什么？你——

林湘忆 我请他来写篇报告文学——这种广告是用不着花钱的。你那小说不是也有结尾了吗？而且挺够味儿的！

林湘知 那是编出来的。

林湘忆 你也该为自己设计一个结局了！

林湘知 结局？（凄然一笑）

林湘忆 我知道，你忘不了你的初恋，月光下的初恋。那毕竟只是一支梦幻曲。到了面对现实的时候了，姐！（下）

林湘知 梦幻曲？……现实？……也许，我该——认命了。（找出稿子，心神不宁）

［吴心上，敲门。

林湘知 谁？

［林湘知开门。

吴　心 我。是你妹妹写信……

林湘知 哦，稿子改出来了。（交稿）

吴　心 （忙接）哦，改好了？（翻看）不错。

林湘知 照你们的意见改的——一个理想的结局。

吴　心 这结局选择得好。爱，是不该轻易放弃的。

林湘知 可我想告诉你，我给自己也选择了一个……结局。

吴　心 （惊慌）啊，什么样的……结局？

林湘知 吴心同志，你是个有心人，很有心，应该想象得到。

吴　心 不，湘知……

林湘知 我决定放弃那个不现实的梦，嫁给……

吴　心 湘知！你真的准备……

林湘知 难道我就不该找个……丈夫？何况是个很不错的丈夫——一个一直关心我、爱护我的老大哥……

吴　心 不不，湘知！你不该违心地这样做！根本……不应该！我……

林湘知 可是，世界上圆满的婚姻到底有多少？一个底层的姑娘，二级工，能有一个历尽沧桑的男人痴心地爱着她、可怜她，她应该知足了……你说是吗？

吴　心 不，湘知，我不希望这样，尽管我那样……依恋你，这几天，我反复地想了，想得很多、很苦。不错．从结识你那天起，我就对你产生了好感，直到不知不觉爱上了你，觉得生活中少不了你。可我不能因此让你放弃心中的追求，不能让你一辈子都在感到遗憾……不，你不能丧失心中的月光——梨树下的月光……

林湘知 那都是……虚无的……梦。

吴　心 不，事在人为。

林湘知 根本不可能。此刻，他大概已经买好了旅行结婚的车票，说不定……

吴　心 （震惊）哦？……（停顿）湘知，我知道，你忘不了他……甚至直到现在，你还在等他。

林湘知 ……我怕是再也见不到他的面了。我赶走了他，叫他忘掉我，就当我不存在。可是天哪，为什么从那以后，我竟然强烈地希望……再见他……一面。哪怕只是……互道一声……珍……重。

吴　心 （感动）湘知……我理解……理解……我现在……简直有点妒忌那个……被你爱上的人。他应该知道，那是多么幸福。他应该珍惜……不，我去找他！

林湘知 吴心！你……不要……徒劳了！（哭）

吴　心 湘知，别这样……别这样……（拍拍她的肩，抚慰她）

［章平跑上。

章　平 湘知！

［林湘知、吴心同时抬头。大惊。

［静场。

林湘知 你……

章　平 我……

林湘知 你是来……

章　平 （打量吴心）这位是……

林湘知 哦，我来介绍一下，他是我的——

吴　心 我是她的责任编辑，小说《梨树下的月光》的责任编辑。你们谈吧，我该去采访了！（下）

章　平 湘知——

林湘知 （清醒）哦，你是来——辞行？

章　平 不！我——不走了。

林湘知 不是说要去旅行结婚？

章　平 取消了。

林湘知 取消了？

章　平 在去登记结婚的路上，我终于向她讲明了一切……

林湘知 都到了这种时候，你何必去伤害她呢？

章　平 不这样，我会伤害她一辈子的。她也懂，谅解了我。湘知，这些日子我翻来覆去地想，我们已经痛苦了十年，今后还有几十年，怎么能带着终身的悔恨跟另一个人同床异梦地生活到老，到死？

林湘知 （百感交集，如痴如梦）章平！……（忽然一阵晕眩）

章　平 湘知！（上前扶她）你怎么啦？

林湘知 我……章平，我不是又在做梦吧？

章　平 不，湘知，即使是梦，它和现实已经浑然一体，无法分开了。不像你和我，再不会有任何力量让我们回到阴影中去。

林湘知 章……平！（紧紧搂住他，好像怕再失去他，轻轻抽泣起来）

［少顷，卫牛陪着吴心上。

吴　心 好，好，我想这篇报告文学可以叫《寻求》。

卫　牛 寻求理想，寻求人生，寻求幸福，是吗？

吴　心 是的。我们找时间再好好长谈一次。真高兴认识了你这个有思想的年轻人。

［林湘知、章平闻声开门，携手而立。

吴　心 （望着他们，停顿片刻）这个结局，正是我期望的。这真是——太好了！

林湘知 （动容）你永远是我的老师，我的……大哥！（把手伸给他）

吴　心 祝福你！祝福你们！

卫　牛 哦，开张典礼要开始了！

吴　心 我们走吧！（与卫牛下）

［林湘知、章平相视片刻，林湘知依偎在他胸前。

林湘知 我们也去吧……

章　平 嗯……

［林湘知、章平二人同下。

［唐乐亭喊着“长芬！”上。

［林长芬从里屋迎出来，开门。

唐乐亭 长芬，长芬……

林长芬 哦，有事？

唐乐亭 刚才找我的……是她。

林长芬 哦。

唐乐亭 她说她那个男的死了，她又是一个人了。

林长芬 哦？

唐乐亭 她还想回来，说，八月十五晚上她来过……

林长芬 哦？

唐乐亭 真有脸说。我把她冲了一顿。

林长芬 哦……

唐乐亭 她走了。答应不再打搅……我们了。

林长芬 什么？

唐乐亭 长芬！我心里乱得很，你跟我说句心里话，我们……怎么办？

林长芬 这……

唐乐亭 是不是担心我们的儿女？

林长芬 不……

唐乐亭 是不是觉得对不住死去的修竹？

林长芬 （长长地叹了口气，缓缓地摇头）……

唐乐亭 那，到底是为什么呢？

林长芬 为什么？……我也……说不清啊！

唐乐亭 你这样对自己不苦吗？

林长芬 苦，很苦。

唐乐亭 长芬！

林长芬 乐亭！别说了……

唐乐亭 不，我要说。为什么我们非要永生永世背着昨天留下的十字架不可？

林长芬 你别问了……

唐乐亭 我们等了一辈子，剩下的日子……不多啦！

林长芬 剩下的日子……是不多了……

唐乐亭 你心里就不想……

林长芬 想……想。

唐乐亭 那就……向前迈一步吧！长芬！

林长芬 这……

[林湘忆匆匆跑上。

林湘忆 妈！唐叔！章平回来了！他和姐姐……（笑）咯咯咯……咯咯咯……瞧，他们来了。

[林湘知拉着章平的手走来，到了母亲面前，放下章平的手，伏在母亲的肩头。

林长芬 哦，好啊。好！这个世界……是变了，你们……都找到了。

林湘知 妈妈，您也找到了吗？

林长芬 ……妈妈也会……找到的。妈妈也有……自己的……月光。

[胡同口传来音乐声、鞭炮声。

[唐六零和青年甲、乙、丙上。卫牛、吴心随上。唐六零端托盘，里面放着一杯杯红红的甜酒。

唐六零 （把酒分送给在场的人）我们服务中心装修家用电器，也出售时新家具，承办喜庆筵席，诸位有要办事的，（对卫牛递个亲热的眼色）说句话！价格优惠，保您满意！来，为了这个喜庆的日子，干杯！

林长芬 乐亭，为了我们胡同里的孩子们长上了翅膀……（与唐乐亭、唐六零碰杯）

林湘知 妈，唐叔，为了我们终于告别了昨天……（又与吴心、章平碰杯，一饮而尽）

吴　心 为了我们的等待总算到了尽头，看到一个崭新的明天……（饮干）

卫　牛 一句话，为了我们几代人的寻求！（望着林湘忆，碰杯，饮干）

林湘忆 妈，这酒，甜吗？

林长芬 妈喝了二十多年的苦酒，只有这一杯，是甜的……

——幕徐落

剧终

（根据周维先电影文学剧本《长相知》改编。话剧本原载于《剧本》月刊 1985 年第 7 期，原名《胡同里的月光》，公演时改名为《最后一杯苦酒》。话剧本由周维先与方洪友联合改编。）

诱惑

人物表

梅　子——女高音

大　山——男中音

黑　妞——女中音

姐　姐——女次高音

赶车大哥——男高音

土改嫂——女中音

王抗战——男低音

艾所长——女低音

影　子——男

外国旅游者——若干

丁香女们——

渔　民——

小　贩——

女精灵们——

第一场

［一九八〇年暮春的一天，傍晚到深夜，

［客轮“神女号”航海途中。

［在舒缓的无词合唱中幕徐启。台前纱幕呈深碧色。几只海鸥翩翩飞鸣。

［海鸥隐去。追光下现出相互依偎着的梅子和大山。

梅　子　（重唱）　我是海鸥，

大　山　你是海鸥，

梅　子　你是波浪；

大　山　我是波浪；

梅　子　我是丁香，

大　山　你是丁香，

梅　子　你是春光。

大　山　我是春光。

大　山　（唱）

海鸥洁白像四月丁香，

梅　子　（唱）

　　碧水情深我永世难忘，

大　山　（唱）

　　我爱丁香美丽端庄，

梅　子　（唱）

　　我把芬芳献给春光。

大　山　（重唱）

　　啊……

梅　子　（唱）

　　给我青春，

　　给我幻想，

　　给我晨曦，

　　给我翅膀，

　　让我们比翼双飞，

　　飞翔在春天的海上！

大　山　（重唱）我是海鸥，

梅　子　你是海鸥，

梅　子　你是波浪；

大　山　我是波浪；

梅　子　我是丁香，

大　山　你是丁香，

梅　子　你是春光。

大　山　我是春光。

［灯亮。甲板上洒满晚霞。背景是浩瀚雄奇的金色大海……

梅　子　大山！这海，给了我太多的幻想……我们就要在那座海滨小镇开始新的生活！就在青山下，就在大海边，丁香树中，银杏树下，有我们自己的粉墙红瓦。窗外，是蓝莹莹的海，白生生的帆。推开窗户，浪花会跳起来亲我的脸！……大山，是这样的吗？

大　山　嗯？啊……

梅　子　大山，快到家了吗？

大　山　家？（愣了一下）唔，快到了。

梅　子　什么时候？

大　山　（精神恍惚地）明天………明天上午。

梅　子　咱们的家好吗？

大　山　啊……哎，哎。

梅　子　大山，你怎么啦？忽然老成了，不那么爱说笑了。

大　山　哦？没有吧……（脱下外衣，给梅子披上，自己却紧紧地抱住双肩）

梅　子　（把外衣仍给大山披上，发现他敞开的领口露出一根细细的铜链）你这是…….

大　山　啊……金锁。妈妈怕我活不长，过了百天，就把它戴在我胸前……我是她的希望，她的一切，她生命的光……

梅　子　别难过大山。母爱，在咱俩心里留下的都是一个太短的梦。可是我们已经得到补偿了。难道还不够甜美吗？

大　山　但愿这场梦永远也不会醒过来。

梅　子　大山！（轻轻地向他偎去）

［大海由金色变成棕色。

［一群外国旅游者欢笑着上。

一外宾　多么幸福的恋人！多么迷人的夜晚！

弹吉他的　噢，太美了！

外宾们　（拥上去）哦，祝福你们！祝福你们！

［吉他奏出富有异国情调的舞曲。外宾们载歌载舞。

外宾们 （唱）

飞来了，飞来了，
一对金色的凤凰。
开放了，开放了，
一丛幽雅的丁香。

［梅子、大山被围在当中，几欲钻出，却被外宾们挽手拦住。梅子始而羞怯、惶惑，继而目光闪烁，婆娑起舞。大山笨拙地随着舞。歌声不断：

啊，丁香，丁香，
清芬淡淡，不施浓妆；
啊，丁香，丁香，
情深脉脉，含苞待放。
啊，丁香，丁香！
啊，丁香，丁香！

［大山疲劳地从歌舞正酣的人群中走出。猛抬头，一个看不见面目的穿风衣的影子，赫然向前移动，越越来越大，大山悚惧。

［梅子兴冲冲回到大山身边。大山猛地把梅子搂在胸前，好像怕失掉她。

［影子消逝。天光渐收，大海呈黛色。

梅　子 （在大山胸前幸福地闭上了眼睛）大山，我今天过得很快活。你呢？

大　山 （惊魂甫定）梅子，我多么希望今天是我生命中的第一天，更多的是明天，明天，以前的一切都不作数！

梅　子 以前的一切都不作数？那怎么行！记得我们多么奇特的相

遇，多么偶然地重逢，多么美好的……初恋吗？

大　山　梅子！

梅　子　大山……你的眼睛为什么这样黯淡？

［大海上升起一弯新月。

大　山　可你，就像那弯新月，那么有生气，那么有希望……

梅　子　大山，你不快活？

大　山　不，我怕你会不快活。

梅　子　为什么？

大　山　因为我的家……很穷，

梅　子　只要我们好好工作，好好劳动。

大　山　我……我还欠了很多债。

梅　子　这不，又多了一双手。咱们还！

大　山　梅子，如果，如果我变了、变坏了……

梅　子　不！梅子相信自己的眼睛。

大　山　（摇头，喟然长叹）梅子，要是有一天我犯了罪，坐了牢……

梅　子　那我就等着你，哪怕等到头发白。瞧你，多会考验人！

大　山　梅子！（欲言又止）

梅　子　大山？

大　山　……自从认识了你，我明白了什么是最可珍贵的。可是晚了……唔，这是钱，这是粮票。到了码头，我给你买张船票，你……回去吧！从此以后，你忘了我，忘得干干净净的，一直到死，不要再想起我！

梅　子　大山，你疯了？你都说了些什么，说了些什么呀！（唱）

多少往事蒙上了雾霭轻烟，
只有那些时光历历如在眼前：
我们相爱在星光下，

风儿带走了我们的誓言。
我愿化作山中的梅，
你愿变成巍峨的山。
每当想起那神奇的时刻，
沉醉的心啊久久地震颤。
直到生命的最后时刻，
第一句情话仍在耳边回旋……
啊，大山，我的大山
这一切谁能忘却？
这一切谁能改变？
啊，大山，我的大山！
这一切谁能改变？

大　山　梅子，那是我一生中最美好的时刻，我将永远……幸福地回忆它。可是到了今天，我才明白，我不该，我不配，我不能……这艘船离家越近，我的心变得越僵冷；你的情绪越欢乐，痛苦就更沉重地抽打我的心！我的良知和你对我的一片深情，都逼迫我把真相……告诉你。

梅　子　真相？

大　山　梅子，站在你面前的，不是什么采购员，而是一个……骗子！

梅　子　（摇晃了两下）什么？……骗子？

大　山　我……我已经行骗十二年……是个劳教过三次的……惯骗！（奔下）

［停顿。

［梅子木立如痴。一阵海风吹去了她洁白的纱巾和手中的钱钞、粮票。有顷，她打了个寒噤，颓然坐在缆桩上，背

向观众。

［朦胧而遥远的歌声传来：

你是海鸥，我是波浪……

她转过脸，侧耳倾听，忽又蜷缩着身子双手蒙住了眼睛。

梅　子　（唱）

童年幻影迷迷蒙蒙，
妈妈留下蓝色的梦。
我把真情奉献大海，
如今只剩一片虚空。
慈母面影朦朦胧胧，
爱的温馨永留心中。
自从妈妈飘然长逝，
潺潺小溪悄悄凝冻……
大山带来爱的春天，
春天为何来去匆匆？
我把真情奉献给你，
如今只剩一片虚空。

［伴唱：

大海带来爱的春风，
却又为何来去匆匆？
我把真情奉献给你，
如今只剩一片虚空。

［大山拎着红箱子上。

大　山　梅子，你的东西……（放下箱子）

梅　子　你！你叫我怎么回去？

大　山　梅子，我错了。我不该爱上了你。

梅　子　爱上我？爱上我为什么还要欺骗我，捉弄我？

大　山　梅子，你骂我，你打我，你狠狠地打我吧！

梅　子　可是你——打到了我的心上！心……上！（潸然泪下）

大　山　梅子，你不要宽恕我，该永远痛恨我！我也恨自己……（摘下金锁）我身上只有这一件东西，像你一样纯洁、高尚……

（唱）

童年幻影迷离扑朔，
妈妈留下金色的锁。
天伦之梦多么短暂，
命运忽然抛弃了我。
动乱为何这样漫长？
人情为何这样冷漠？
孤苦一人命如飘蓬，
世间纯情何处求索？

［伴唱：

孤苦一人命如飘蓬，
世间纯情何处求索？

大　山　（捧着金锁）梅子，这是幸福的象征，戴上它，像海鸥一样飞去吧；像丁香一样投向春天的怀抱吧。（唱）

你是海鸥，
我不是温柔的波浪。
你是丁香，
我不是和煦的春光。
啊，丁香，
我在深渊中为你祝福。
啊，海鸥，

我在沦落中目送你飞向太阳……

（把金锁放在梅子手中，调头欲去）

梅　子　等等！你……，都骗过些什么？

大　山　（停住脚步）骗钱。（转过身来）可我有账。（掏出账单）只要有了钱，我就还清它。

梅　子　（目光灼灼地）你骗取过别人的感情吗？

大　山　没有！我这是第一次得到了最纯真的爱。（泪下）哦，梅子，原谅我吧！大山……对不起你了！（深深鞠躬）

梅　子　（扶起大山）大山，我们都是被命运抛弃过的人。只要你肯改，我就跟你走！

大　山　（惊愣）……梅子！

［梅子把金锁挂回大山胸前。

［无词歌由弱而强。

［光渐收。幕渐闭。

第二场

[次日上午。

[烟霞港码头附近繁华的集市。

[青山，古堡，丁香如云。碧海一岛，其状似鸽。

[合唱：

大海捧起珍珠盘，
盘中盛着烟霞山。
层层青纱映红瓦，
浩浩春风扬千帆。
丁香花儿漫山开，
芬芳醉了打渔船。

[节奏明快的音乐中，大幕拉开。

渔民、小贩 （合唱）

渔船回港喽——
笑声遍沙滩；
海货上市喽——

风吹十里鲜。

渔民甲 （唱）

对虾，对虾，

刚出海的大对虾！

渔民乙 （唱）

侗蟹，侗蟹，

顶壳黄的梭子蟹！

小　贩 （唱）

狗腿子鱼，透活透鲜！

过了这村，再没这店！

渔民、小贩 （合唱）

哦，想买赶快，

要多贱有多贱！

哦，要吃趁早，

要多鲜有多鲜！

就上洋河酒，

赛过活神仙。

［歌声未落，插进丁香叫卖声。

卖花人 丁香，丁香，上船出门送一捧，香一路，想一程喽！

［一群丁香女翩翩走来。

丁香女 （合唱）

白的像雪花，

紫的像星光，

摘下这朵花，

送郎去远航。

啊……君去千万里，

莫忘了家乡。

[梅子、大山上。

梅　子　（被丁香女的歌声吸引）她们唱得真好，我去看看。（随丁香女下）

[大山买了一束丁香。他转过身来，正和从人群中走来的黑妞相遇。她身穿黑衣，头戴红花，美丽、粗犷，浑身散发着一种野性的诱惑。她拦住大山，从大山手里夺过一枝丁香，闻了闻，又抛还给他，拦住他的去路。

黑　妞　（唱）

啊，我骗人，我受骗，
一切的一切早已输光。
啊，我活着，我流浪，
麻木的心儿快要死亡。
只有爱，只有你，
燃烧我的心房。

大山，干吗躲着我？为了刚才那个小妞？她是谁？

大　山　我表妹。

黑　妞　（盯着红箱子）如果不是呢？

大　山　不是又怎么样？

黑　妞　不是我跟你没完！

大　山　你……你凭什么？

黑　妞　我凭什么你心里明白！那小妞差不多还是个孩子，懂得什么叫爱？可我黑妞呢？大山，你看着我……看着我呀！（逼近大山，直视他的眼睛）

[大山闪避着。

黑　姐　是的，你不敢。只要看上我一眼，你就会像蜡烛一样被烧化，就得让你把那个白得像纸、驯顺得像猫一样的小丫头忘得光光的！

大　山　你，你敢欺负她，我就拧断你的脖子！

黑　妞　哈哈哈哈……是个男子汉。越是这样，我越是要得到你，得到你！（唱）

啊，我骗人，我受骗，
一切的一切早已输光。
我活着、我流浪，
麻木的心儿快要死亡。
只有爱，只有你，
燃烧我的心房。

［梅子上。

黑　妞　（用火辣辣的眼神上下打量了一下梅子，冷笑几声）……回见！（下）

梅　子　她是谁？

大　山　别理她。

梅　子　你们以前……

大　山　她帮过我。可这，早就过去了。我们回家吧。

［大山的异母姐姐掸着灰，拍着巴掌迎上来。

姐　姐　哎呀呀呀，大山子，这是从哪儿发了财衣锦还乡啦？（贪婪地抚摸着红箱子）还带了这么漂亮的姑娘，八成是我弟妹吧？（拉起梅子的手，上下打量）啧啧啧……细皮嫩肉，文文雅雅的，像在菜窖里捂了一冬似的，多喜人哪！大山子，这些年大姐我可没亏待你，这回手头有了，可得在你姐姐身上破费点儿哟。虽说咱不是一个妈，可还是嫡嫡亲亲的亲骨肉哇！

大 山 嫡嫡亲亲？哼！说几句人话吧！

姐 姐 哟，这是说到哪儿去啦？人凭良心树凭根。要是没有你姐夫，没有我这跟亲妈一样疼你的大姐……

大 山 滚开吧！要不是你们把我们母子当成眼中钉、肉中刺，要不是……你给我滚！

姐 姐 好个没良心的！你倒数落起我来啦？哼！我今天倒要看看你怎么下这个台？收这个场？（双手拍腿，一屁股坐在地上。唱）

哎哟哟，我的妈，
大骗子又回来啦——
怕事的赶快躲开吧，
胆大的快来瞧瞧他，
有债的快来讨债呀，
有仇的快来撕扯他！

［人们将大山、梅子、姐姐团团围住，议论纷纷："山骗子又回来啦！""嗬，手段不错，带来个妞儿！""嘻嘻嘻……你们瞧呀……""错不了，准是男骗子带来个女骗子……""不是一家人，不进一家门嘛！……啊哈哈哈！"

大 山 （像受伤的猛兽一样蹦过去）你们可以嘲笑我，咒骂我，不许你们羞辱这个清白的姑娘！听见了吗？听见了吗？（揪住一个笑骂者的衣领，又猛地推开他）

［讪笑声停顿片刻之后，突然爆出铺天盖地的巨响：
"啊哈哈哈……"
"哦嗬嗬嗬……"
"嘻嘻嘻……"

［梅子面色苍白，似欲昏厥，大山连忙上前搀住她……

［追光下出现了黑妞，她身后站着一个看不见面目的、穿黑风衣的影子。

［幕闭。

第三场

[紧接前场。

[大山破败不堪的家。漆黑一团的房间里，只有屋顶漏进一束阳光，照着一个大蛛网。

[幕启。在一阵嘎啦啦的响声中，屋门被推开。大山先进来，梅子随后。

梅　子　（心情复杂地望着这个萧条破败的家，唱）

没有银杏树，
没有望海窗。

大　山　（唱）

只有破屋顶，
夜来看月光。

梅　子　（唱）

没有红花被，
没有白纱帐。

大　山　（唱）

只有三腿床，

一头靠着墙。

梅　子　（唱）

啊……走进这个家，

谁不透心凉？

大　山　（唱）

我的好姑娘，

快快回家乡！

梅子，该听的你都听到了，该看的你都看见了……我在丁香镇名誉扫地，我的这个家更不是你存身的地方，你……

［屋外传来歌谣：

骗子回来啦，

百姓要遭殃。

带个大姑娘，

也是拆白党。

大　山　（摘下金锁）梅子，回去吧！我已经看惯了白眼，受惯了辱骂，过惯了这种没米饿三天、有钱饱一顿的生活。这一切，你恐怕连做梦也想不到的。

梅　子　真是做梦也没想到，你会落到这步田地！

大　山　人的生活还没开始，就该……结束了。我做惯了鬼，别人都认定我是鬼！我也只能是个鬼！哦，梅子，快离开这只能给你带来屈辱的地方吧！

［一阵拳头擂门的声音之后，门砰地敞开了，门口站着一个渔民打扮的中年汉子，黑红脸，络腮胡，手里拿着赶大车的鞭子。

赶车大哥　大山，你到底还是回来了！我问你，你帮我买的名牌缝纫机在哪儿呢？快说！

大　山　……那钱，我花了。

赶车大哥　什么？

大　山　真对不起，算我欠你的。我借的钱，都有账。（出示账单）

赶车大哥　呸！今天你要是不还钱，莫怪我这鞭子不留情！

大　山　我眼下没钱，过几天……

赶车大哥　得，得，得！拿不出一百八十六，赶车大哥只好对不起你了！（鞭抽大山）

[大山抚着被抽痛的地方，愣了片刻，迎上前，垂手低头，等着再打。

[赶车大哥又将鞭子举到半空。

梅　子　（从暗影中走出来）赶车大哥……

赶车大哥　嗯？

梅　子　这儿还有六十元钱。余下的，请宽限几个月。

赶车大哥　你是谁？

梅　子　我……

赶车大哥　（打量梅子）这么正派的姑娘，怎么来到这个地方？姑娘，你……

[姐姐“咣当”一声推开门，倚在门边，嗑着瓜子；土改嫂、王抗战、艾所长鱼贯而入。

姐　姐　耳听是虚，眼见为实。你们都瞧见了吧？（对梅子）姑娘，这是居民组长，都叫她土改嫂；这是街道主任，大号王抗战；这位嘛，是咱这儿派出所艾所长。好啦，我该走啦。（在大山脚边吐了口瓜子皮，一扭身出了门）

土改嫂　（上下打量梅子）姓什么？叫什么？从哪来？到哪去？

梅　子　我叫梅子，从关外来。

土改嫂 是路过还是长住？探亲还是公出？

梅　子 不是路过，不是探亲，也不是公出。

土改嫂 唔？那可就出奇了！

王抗战 （旁唱）

天上掉下个七仙女，

大山可不是放牛郎！

艾所长 （旁唱）

为何眼角有泪痕，

莫非梅子上了当？

土改嫂 （旁唱）

两人准是一路货，

城市姑娘会装象。

告诉大嫂，他是怎样把你骗来的？

梅　子 不，不是……

大　山 土改嫂，我这就把她送走。

王抗战 梅子，有派出所为你做主，有话你尽管说，你就是马上走，也得把大山和你的关系交代清楚。

梅　子 大叔，是我，是我自己……

大　山 不对。是我，是我把她……

赶车大哥 嗬，这官司一时半会儿还断不清哪。（蹲在门槛上抽旱烟）

土改嫂 （附到艾所长耳边）男的拘留，女的遣送。

王抗战 （附到艾所长耳旁）情况不明，可要慎重。

艾所长 梅子，大山是个骗子，你知道吗？

梅　子 知道。

艾所长 他行骗已有十二年的历史，三次强劳，屡教不改，是个惯骗，你也知道吗？

梅　子　（点头）……

艾所长　这么说，他的底细你早就清楚？

土改嫂　（旁白）准是同党。

王抗战　（旁白）可能真有点儿问题。

艾所长　他强迫你来的吗？

梅　子　是我自己跟他到这儿来的。

土改嫂　（旁白）天爷爷！一起作了案逃来的！

王抗战　（旁白）世道真是变了，骗子还有这模样儿的！

艾所长　大山，我刚才讲的是不是事实？

大　山　都是事实。

艾所长　姑娘，你都听明白了？好，何去何从，请自己选择吧！今天到所里委屈一夜，明天我送你上船。

梅　子　什么？你们要遣送我？你们把我当作什么人了？这是我的工作证，这是户口迁移，这是结婚申请书。

众　（同时地）什么？你是来跟他结婚的？

［集市上的那种笑声轰然炸开，变成一股灼人的旋风。

大　山　（冲过去，扑通一声跪在梅子面前）梅子，你走吧，我求求你！求求你！

梅　子　（被深深地震撼了）走，走？你……，你也要我走？

大　山　走，走！一分钟也别留，别留呀！梅子！

梅　子　我走了，你会怎么样？还被认定是鬼？继续在人世上……做鬼？不、不！我知道，我知道，他不是鬼，不是，不是！（唱）

夜色茫茫，风雪茫茫，
我昏倒在荒野路上。

他救起我，他背着我，
寒夜求医四处寻访。
昏睡沉沉，辗转病床，
妈妈走进我的梦乡。
午夜梦回，泪湿襟裳，
是他守护在我身旁……
啊，大山使我绝处逢生，
我不忍看他永远颓唐。
孤独的心歧路彷徨，
我怎能把他丢在一旁？

艾所长，抗战叔，土改嫂，赶车大哥，你们说呢？

土改嫂 节骨眼上，可别打错了主意！

王抗战 三思而后行，是要好好掂量掂量。

艾所长 一失足成千古恨哪，梅子姑娘！

［赶车大哥吧嗒着烟袋锅。

梅　子 谢谢大家关照。我和大山，都是孤儿，少爹没娘……（唱）

失去爱的人哪，
最知人间炎凉。
珍惜爱的人哪，
才懂爱的力量。
爱的暖流能融化冰川，
失去了爱会把人冻僵……

赶车大哥
王 抗 战 （二重唱）

失去爱的人哪，
最知人间炎凉……

珍惜爱的人哪，

才懂爱的力量……

众 （合唱）

失去爱的人哪，

最知人间炎凉；

珍惜爱的人哪，

才懂爱的力量。

土改嫂

艾所长 （二重唱）

爱的暖流能融化冰川，

失去了爱会把他冻僵。

艾所长 梅子姑娘，你的心情，我完全可以理解。可是为了对你负责，我们还是希望你尽快回去。

［停顿。

［所有人的目光都集中在梅子身上。她垂下头，有顷，抬起泪光闪闪的眼睛。

梅　子 组织上如果一定要我回去，请允许我……留几天，帮他收拾收拾房间，买点棉花，扯点布……缝一床被褥。（深深地吸进一口气，咬着下唇）……回去以后，我挣钱给他还债。什么时候还清了，我来和他结婚。大山，记着把账单给我。这金锁……（把它戴在大山胸前，低下了头）

［众人为之动容。

赶车大哥 艾所长，我活了四十岁，头一回看见这么有情有义的姑娘。让她留下吧。没准儿，大山娶了媳妇，能学好。

王抗战 我也是这话。

土改嫂 （含着泪花）哎，我看……能行。

艾所长 （拉起梅子的手）姑娘！（唱）

你的心，像水晶。

众 （合唱）

啊，你的心，像水晶。

艾所长 （唱）

你的爱，暖人心。

众 （合唱）

啊，你的爱，暖人心。

艾所长 （唱）

留下吧！

众 （合唱）

留下吧！

艾所长 （唱）

我们欢迎！

众 （合唱）

我们欢迎！

我们欢迎！

[幕急闭。

第四场

[若干天后的一个夜晚。

[大山家。简朴整洁，醒目处悬一张结婚照片。

[幕启。

[梅子走到结婚照前，用手轻轻地擦拭着。

梅　子　（唱）

乡邻情意厚，
心里暖洋洋。
大山情意真，
不负热心肠。
一帧结婚像，
照亮四壁墙。
三餐玉米糊，
甘甜胜蜜糖。

（坐到窗前灯下糊火柴盒）

[大山背帆布工具袋，捧丁香花上。

大　山　（唱）

一枝白丁香，
一枝紫丁香，
送给心上人，
送给好姑娘。
爱我爱得真，
陋室也生光。
爱我爱得深，
虽苦心欢畅。
为我作牺牲，
为我日夜忙。
梅子爱大山，
世上难寻访。

［大山进屋。梅子迎上接过丁香，插进花瓶。转身帮大山掸尘。大山要端饭，她将他按坐桌旁，把窝头、咸菜、玉米糊端上，摆好。大山伸手要端糊糊，被梅子打了手背，夺过来，递上一个窝头。

大　山　哎，你也吃点儿干的嘛，还要上夜班呐！

梅　子　我晚上习惯喝稀的。这玉米糊糊多少年没吃了，越吃越香……

大　山　（抚梅子面颊）你瘦多了。

梅　子　瘦了苗条。（磕鸡蛋，剥皮）

大　山　干吗买鸡蛋？一个要花两毛多呐！

梅　子　土改嫂送的。（把剥好的鸡蛋塞到大山嘴里）

大　山　（把衔在嘴里的鸡蛋拿下来给梅子）你吃。

梅　子　不。

大　山　梅，别推了。结婚以来，天天都是你喝稀的我吃干的，下了夜班，还要糊火柴盒。把你拖累得太苦了。

梅　子　会熬出头的。（匆匆扒几口糊糊）我去上夜班，你早点儿睡。（走到门口又回头）乖乖儿的，哪也别去，啊？（俏皮地一笑，招招手，走了）

［大山来到窗前，笨手笨脚地糊火柴盒。黑妞悄然进屋，把瓶中的丁香拔出，扔在地上，又伸手摘下结婚照镜框欲摔。

大　山　（转身）黑妞！（上前夺过镜框）你要干什么？

黑　妞　我要你离开她。立即，马上！就在今天晚上！

大　山　你！你这是做梦！

黑　妞　做梦？哈哈哈！如果不是你在做梦，就不该忘记你这条命是怎么留下来的！前两年你欠影子三百元钱还不上，要不是我，你早见上帝去了！

大　山　你替我还钱，我感谢你。一年之内，保证还清欠款！

黑　妞　不，那不是欠款，是买命的钱。我不惜工本买下了你，不能看到你属于另一个人。

大　山　你，你到底要干什么？

黑　妞　我爱你，爱你！（勾住大山的脖子）大山，跟我走吧……（把脸偎在他胸前）我会待你好，好得没法想象！大山……

大　山　（猛地推开她）你再这样，我去报告！

黑　妞　报告去吧，最好现在就去。去呀！

［大山转身就走。

黑　妞　不过，它的代价是梅子的……命。

大　山　（回身）你！

黑　妞　（冷笑）是你逼着我这样做的。（突然抓起镜框，摔在地上，连踩几脚）

［大山将黑妞逼到墙角，用手叉住她的脖颈。

黑　妞　（把大山摔出去）好一个男子汉，要掐死救命恩人！呸！你掐死我，过不了三天，就会有人宰了你。

大　山　谁？

黑　妞　影——子！

大　山　你们这些魔鬼！

黑　妞　不，他是魔鬼，可我，是个人。（低下头去。少顷，抬起饱蕴泪水的眼睛）就因为是人，才死心塌地地爱上了你这个没良心的东西！（唱）

头顶是金钱的雨，
周身是污浊的泥……
大山，我的心没有死去，
我的心尚存一息。
因为我深深地爱上了你，爱上了你！
身边是魔影翩跹，
脚下是深渊地狱……
大山，你不能把我抛弃，
黑暗中我离不开你……

［大山珍惜地捧起镜框。

黑　妞　大山，你爱梅子，非常非常的爱，是吗？她为你牺牲了自己的一切，你能给她什么呢？

大　山　给她爱。还有……这颗心。

黑　妞　哈哈哈……把你这颗心扔去喂狗吧。大山，做丈夫，你是个最不能给妻子带来体面的丈夫；做父亲，你是个最不能给孩子长脸的父亲；做人，你是个叫人看不起的人，不够格的人！

大　山　别说了！别说了！

黑　妞　（拿出一瓶酒，斟了一杯，递上酒杯）你要是真爱梅子，就该替她想想。

［大山瞅了她一眼，接杯，饮尽。

［黑妞又斟一杯，大山饮尽。

黑　妞　（边舞边唱）

喂，喝干这杯酒，
再喝一杯酒——
世上六尺男子汉，
谁不爱自由？
喂，咱们一起走，
跟我找自由——
世上堂堂男子汉，
谁不爱自由？
自由地去生活！
自由地去享受！

（掏出一沓钞票，唱）

伴着黑妞去漂流，
不知忧和愁……

（把钱扔在大山面前）

［大山醺醺然。

黑　妞　大山，你这样活着多累得慌！干一天活就吃这个？还想让梅子跟你受一辈子苦？

大　山　我是累了，我受够了……我对不起梅子！

（猛拍桌子，酒杯蹦了起来）

黑　妞　走吧！啊，跟我走得远远的，把这一切都抛弃掉！（欲走，忽见影子在外窗晃动）啊！影子！他怎么来了？

［影子捎失。

黑　妞　（俯在大山耳边）大山，一小时后，我在丁香崖等你。记住，丁香崖！（下）

［大山把钱装进衣袋，又饮一杯，醉伏桌上。

［梅子上。

梅　子　大山！大山！好大的酒味。（摇大山）你这是怎么啦？怎么搞成这样？

大　山　（醉眼蒙眬）我原来……就是……这样的，现在……还是……这样。（憨笑）

［梅子发现桌上摔坏的镜框，痛惜地拭着。

梅　子　谁到这儿来了？谁？

大　山　（站起来，哼唱）

自由地去生活！

自由地去享受！

伴着黑妞去漂流……

（舀一瓢冷水，咕嘟嘟地喝下去）

梅　子　黑妞？

大　山　（揩着嘴）一个为了我要杀死你的人。你害怕吗？梅子……快走吧！

梅　子　去哪？

大　山　回去。你的家……

梅　子　什么？这是……我的大山？

大　山　为什么不是？我们不是一家人，就不该走进一家门。这种苦日子我再也熬不下去了！你知道吗？

梅　子　天哪！你昏了头！这是醉话……是吗？大山，醉话！

（盯住他的眼睛）

大　山　（摇头，垂下眼睛，唱）

你是海鸥，

我不是温柔的波浪。

梅　子　（旁唱）

你为何不是波浪？

大　山　（唱）

你是丁香，

我不是和煦的春光。

梅　子　（旁唱）

你为何不是春光？

大　山　（唱）

海鸥洁白像四月丁香，

我的心沙漠般荒凉。

梅　子　（旁唱）

沙漠荒凉，

绿洲上却有花儿开放。

大　山　（唱）

丁香如玉美丽又端庄，

我的心冰川一般凄怆。

梅　子　（旁唱）

冰川凄怆，

春天会融成绿水泱泱……

大　山　不，不！梅子，我错了。你也错了！我们都错定了。（掏钱丢在桌上）留着路上用。

梅　子　钱？哪来的？

大　山　老办法，骗。

梅　子　（像被火烫了一下）骗！大山！你，你的心，不是肉长的吗？梅子千里迢迢到丁香镇来，不管多么大的羞辱，不管多么大的压力，把糊糊当蜜糖喝，把粗布当绸缎穿，把破房子当天堂住，为了什么？为了什么？为了你再去骗，再去骗吗？（抓起钞票摔在大山脸上）。

大　山　（分不清是哭还是笑）骗……骗容易多了！我就这样了，梅子，你死了这条心吧！（把结婚照撕成两半）

梅　子　（绝望地）啊……

大　山　走不走？你不走，我走！（扑向门口）

梅　子　（追过去，拖住大山）大山，你不能走！（大山将她推倒，夺门而去。

梅　子　你不能走啊！大山……

［幕急闭。

（载于一九八八年《剧本》月刊增刊）

第五场

［黑色的丁香崖。

［海上月色昏黄，潮声阵阵。

［幕启：大山步履蹒跚挣扎着上，喝得烂醉倒下。幻觉中，出现一群轮廓朦胧的裸体女精灵，跳起诱惑的舞蹈，节奏由缓而急，几近疯狂。

［大山始而瞠目呆望，继而猛扯衣扣，袒露胸脯，笨拙粗野地随舞。

女精灵们 （边舞边唱）

喂，喝干这杯酒，
再喝一杯酒，
世上堂堂男子汉，
谁不爱自由？
喂，咱们一起走，
跟我找自由，
世上堂堂男子汉，

谁不爱自由？
自由地去生活！
自由地去享受！
伴着黑妞去漂流，
不知忧和愁……

［大山眩晕倒地。精灵消失。

［少顷，追光下出现黑妞。

黑　妞　（扶起大山，摇晃着他）大山，起来，快起来！趁天没亮，赶紧离开这儿，走得远远的，让影子永远也找不到我们。

［影子出现在她身后。

影　子　黑妞儿，你太过分了。

黑　妞　（猛回头）啊！（霍地站起）你要干什么？

影　子　你呢？我让你拖住大山，没让你爱上他，拐走他。你知道吗？戴国徽的已经注意我们了！

黑　妞　我不怕。

影　子　为什么？

黑　妞　我豁出去了！

影　子　为了他？哼哼！可你是我的！

黑　妞　不，我是他的！

影　子　那我就杀了他。

黑　妞　（眼里射出绝望的凶光）你敢！

影　子　（警觉地）有人！

［光暗。影子和黑妞隐去。

［梅子疲惫不堪地奔上。

梅　子　（唱）

漫漫长夜啊张开了网口，

汹汹黑潮啊漂起了孤舟。
大山啊，你莫走。
大山啊，快回头。
你曾说——
春光愿和丁香长厮守；
你曾讲——
浪花愿同海鸥共白头；
却为何，
酩酊大醉夺门走？
果真是，
天涯漂泊寻自由？
海风啊，
你给大山醒醒酒！
月亮啊，
爱人可有踪迹留？
可听见青山杜鹃啼不住，
声声唤的是郎回头。
大山哪，你莫走！
大山哪，快回头！（下）

[追光：黑妞和影子出现在丁香崖上。

影　子　跟我走，快！这地方已经叫你折腾得不能待了。

黑　妞　我不爱你。

影　子　我不需要你爱，只要得到你，像得到钱一样。

黑　妞　魔鬼！恶魔！你害了我和大山还不够，像影子一样缠着我们，连条活路都不给留！

影　子　黑妞，你要是一条道儿奔到黑，那大山可就——（亮出匕首）

真没有活路了！（大步向崖下走去）

［黑妞扑上前，以身相拦。

影　子　（推倒黑妞）滚开！

［黑妞爬过去，抱住影子腿，被踢开，又蹦起，挡住。

［影子揪起黑妞的衣领，连扇几个嘴巴。

黑　妞　（嘴角流血，近乎疯狂）我跟你拼了！

（与影子扭打，被刺，奋力将影子推下悬崖，力竭倒地）

［崖上光暗。崖下大山醒来，愕然四顾，恍若梦中。

［追光下，黑妞在崖上艰难地爬着，喘着气，发出微弱的呻吟。

黑　妞　大山！……大山……

［远处传来梅子凄厉的呼喊："大山！大山——"

大　山　（仓皇四顾）谁？谁？谁在喊我，在这面？不！在那面！我是大山！我——在这儿——我是……啊，我为什么要答应？为什么！（跌跌撞撞地走到崖头）

［梅子奔上。

梅　子　大山！（扑上去紧紧搂着大山）

［大山推开梅子，转身而去。

［黑妞已爬近大山，喃喃地唤着。

黑　妞　大山！大……，山……

大　山　（停步）啊？血……

［梅子蹲下，用白手帕捂黑妞伤口，手帕顿时染红。

黑　妞　啊，梅子，我要死了。可我不想请求你原谅……在你眼里，我是个坏女人，是个女骗子……可是，我心灵深处，也有一个……圣洁的殿堂，那就是……对大山的……爱。刚才，为了大山，影子扎了我一刀。我这才明白，我……错了！

错就错在……我应该在你之前……得到他。大山，你觉得我……很坏吗？

大　山　（摇头）不……（泪下）

黑　妞　我……还……美吗？

大　山　……美，很美。我第一次发现你这么美！

黑　妞　梅子，我嫉妒你。现在，你该嫉妒我了。（笑了几声）好啊，我可以向这个世界告别了！

（唱）

这一生多么悲凉，
那年月多么荒唐！
噩梦已用血泪掩埋，
你要亲手把我海葬。

（气绝）

［大山深深垂首，痛哭失声。

梅　子　（抚大山肩，拉他起身）大山，我们……回家吧。

大　山　我要安葬她。去拿一块白床单来！要干净的。

梅　子　……我怕！

大　山　（望着梅子的眼睛）怕什么？去吧！

［梅子走去。

［大山目送梅子远去，跪下，俯身亲吻黑妞。

黑　妞　（奇迹般地醒来）哦……大山，是你在亲我……你的吻……哦，大山，我的……大山！

大　山　（轻轻扶起黑妞，唱）

这是最后一个夜晚，
这是最后一回月圆，
这是最初最后的亲吻，

这是最后最长的顾盼……

黑　妞　（唱）

我在昨日骄阳下沉沦，

大　山　（唱）

我在今夜月光下迷乱，

黑　妞　（唱）

当我和你唇儿相接，

方知美好瞬间来得太晚。

大　山　（唱）

当我和你唇儿相接，

方知美好瞬间来得太晚。

黑　妞　（唱）

这是最后一个晚夜，

这是最后一回月圆，

这是最初最后的亲吻，

这是最后最长的顾盼。

大　山　（唱）

你的诱惑使我堕入深渊，

你的热吻把一切改变，

黑　妞　（唱）

我的呼吸又急又短，

我要含泪说声再见。

啊，再长些、再长些——

一直吻到永远永远……

（死去）

［大山长吻黑妞，有顷，抱起她向悬崖走去。

［男声领唱、女声合唱：

这是最后一个夜晚，

这是最后一回月圆，

这是最初最后的亲吻，

这是最后最长的顾盼。

［大山走上悬崖，浴在月华下。

［梅子抱白床单急上。

梅　子　大山，我来了！

大　山　（回首，唱）

这是最后一个夜晚，

这是最后一回月圆，

明天的太阳不再属于我，

我要向这悬崖，这明月，这丁香小镇，还有你——梅子姑娘！（唱）

含泪说声再见……

（抱着黑妞跳下悬崖）

梅　子　（凄厉地尖叫）大山——（疯狂地扑上悬崖，白布抖开，从悬崖上徐徐飘落）

［梅子昏厥倒地。

［灯暗。

［丁香女们飘然而至，遂又溶入夜色之中，像一抹悠然来去的薄雾……

［歌声起，

男　（唱）

你是海鸥，

我不是温柔的波浪。

女 （唱）

你为何不是波浪？

男 （唱）

你是丁香，

我不是和煦的春光。

女 （唱）

你为何不是春光？

为何不是春光？

为何不是、为何不是、

为何不是春——光？

大合唱

你为何不是春光？

为何不是春光？

为何不是、为何不是、为何不是、

为何不是春——光？

梅　子 （哀婉而至凄怆，凄怆终至于凄厉地，唱）

你为何不是、为何不是、为何不是、

为何不是春……光？

[歌声中，幕渐闭。

剧　终

附：意味深长的“诱惑”

水亦光

我读《诱惑》，最先联想到的是另一种“诱惑”，一种关于作者本人的“诱惑”。

周维先跃入艺术创作的大海，开初选择的港湾是歌剧。那是一九七八年，他的大型歌剧《月亮花》在《剧本》上面世。此后，由于种种原因，他拓宽了自己的海域，曾有相当长的一段时间，流连忘返于电影和电视的激流里。然后到了一九八八年，他忽然又游回到启航的港湾，推出了这部名为《诱惑》的歌剧。这剧名意味深长。周维先和他剧中主人公一样，显然经不住本性的诱惑。而且令人惊讶的是，他的被诱惑居然和他笔下的人物同样浸染着深沉的痛楚。

他是衷情于戏剧的。

于是，他又为我们奉献了这部极有特色的作品。

特色之一——恕我直言——是使人在初读这部作品时，深深感到失望和沮丧。一位曾经沉沦的叫大山的男人，遇到了一位纯洁善良的姑娘梅子。他们相爱了。而后男人终于觉得今是而昨非。这是个模式。不仅是情节的模式，也是价值判断的模式。这模式令人生厌。

然而当我们再细读下去，忽然就发现了周维先的狡黠。他在前半段铸造这个模式似乎正是为了其后彻底打碎这个模式；他在前半段确立一种价值判断，似乎正是为了其后对这一价值判断进行再判断。他显然深通审美机制转换的玄秘。他刚让读者失望，又及时让读者大喜过望，他未容读者沮丧，瞬即便使读者豁然开朗。他在这儿使用的手法也可称之为“诱惑”，激发读者审美想象和颖悟的“诱惑”。

作者确实毫不留情地打碎了旧模式。男主人公大山刚要迷途知返之际，忽然出现了另一个野味又邪恶的姑娘黑妞。她诱惑大山背叛他新选择的生活方式，重返原先的生活状态。大山怦然心动，很快应从了她的呼唤。剧本这一笔写得简捷而精彩。黑妞与其说是个和大山有情感纠葛的女人，还不如说恰是大山本性的外化和凸现。大山和梅子的结合，从传统的价值判断看，似乎是他人格完善的起点。然后从人追求自由本性的角度而言，何尝不是一种禁锢呢？大山选择和梅子结合之途，主旋律究竟是幸福还是不幸？且听大山对梅子的直白：“这种苦日子我再也熬不下去了，熬不下去了，你知道吗？”于是他背叛了梅子，于是他重新找回了自己。

周维先也找回了自己。然而，这种找回并非旧我的复归，而是新我的重造。与当年作品相比，《诱惑》不仅依然弘扬出周维先细腻、热情、美文美声的风格，同时又增添了透视人性的敏锐和力度。这种新的风貌的确立，显然是他遨游大海的结果。多彩多姿的艺术大海滋养了他，锻造了他，必然也就丰富了他。于是，我们理所当然希望这位剧作家能继续在歌剧的海域里施展他的才华，为寂寞的歌剧舞台提供更多更光彩夺目的作品。

（初刊于一九八八年《剧本》月刊增刊）